Le Secret de Reidun

Savine Leclercq

Le Secret de Reidun

ISBN numérique : 979-10-262-9372-9

EAN papier : 9791026293736

Librinova

Courriel : contact@librinova.com
Internet : www.librinova.com

À Renée, Paulo et Claude grâce à qui j'ai pu donner vie à mes grands-parents.

CHAPITRE 1

Dès sa montée à bord du paquebot, lors de son escale en France, René avait décidé de prendre au maximum ses repas dans sa cabine, la cabine numéro 55 qu'il réservait à chacune des traversées qu'il effectuait désormais plusieurs fois par an entre l'Australie et la France. Cette cabine disposait d'un bureau, sur lequel il pouvait travailler ou lire, et de suffisamment de place pour qu'il puisse y laisser, ouverte au sol, sa grande malle en cuir marron cerclée de bois clair avec laquelle il voyageait toujours. Une fois sa malle installée, comme à l'accoutumée, il rejoignit le pont principal et fuma une cigarette en regardant s'éloigner les côtes françaises. En repartant vers sa cabine, René prit soin d'éviter la salle à manger où il était assuré de croiser quelques connaissances du milieu du textile, qu'il fuyait les premiers jours de la traversée. Son tempérament discret et calme lui dictait ce besoin de ne pas se retrouver attablé d'emblée avec ses confrères à disserter sur l'Australie, la France et leur métier. Il aimait prendre le temps de s'accoutumer au rythme du voyage avant de se mêler aux autres passagers.

Dans le couloir, en regagnant sa cabine, il croisa une stewardess qu'il n'avait jamais vue jusqu'ici, grande, brune avec de très beaux yeux bleus, des pommettes hautes et à la démarche élégante... Reidun avait les bras chargés de serviettes propres qu'elle devait disposer sur les chaises longues du pont principal. Trop occupée par sa tâche, elle ne remarqua pas René, qui lui, se retourna discrètement sur son passage pour l'observer.

Au bout de quelques jours de traversée, comme chaque soir, René attendait dans sa cabine qu'on lui apporte son plateau. Il était sorti plusieurs fois sur le pont au cours de ces premiers jours et n'avait pas manqué de croiser des gens de son milieu professionnel. Il avait discuté et fumé avec eux, s'était laissé convaincre à trois reprises de déjeuner et même de dîner une fois avec eux. Contre toute attente, il y avait pris un certain plaisir et avait même trouvé amusante la compagnie de certains, mais il était heureux ce soir-là d'avoir réussi, après avoir bu un cocktail au bar, à échapper au dîner dans la salle à manger.

Déchaussé et assis à son bureau, René reprit son roman là où il l'avait laissé dans l'après-midi, quand, allongé sur une chaise longue, il avait apprécié de se détendre en lisant son livre sur le règne de Toutankhamon en fumant. Lorsque Reidun frappa à la porte de sa cabine avec son plateau, elle avait juste en tête la réflexion d'Else lui décrivant un passager solitaire, peu bavard, qui préférait prendre ses repas seul dans sa cabine plutôt qu'en compagnie des autres.

René ouvrit la porte et fut heureux de revoir la belle jeune femme croisée une fois dans les couloirs. Reidun, quant à elle, ne se gêna pas pour entrer dans la cabine afin d'y déposer le plateau-repas, un peu aussi par curiosité, car cet homme l'impressionnait par sa prestance, sa beauté et son élégance. Un peu décontenancé par l'arrivée de Reidun et sa spontanéité, René se reprit vite et, contrairement à son habitude avec les femmes, lui demanda :

— Comment vous appelez-vous ? Je ne vous avais jamais vue avant à bord du *M. V. Tai Yin*

Sous le charme de sa voix grave, Reidun répondit tout en s'avançant vers le bureau.

— Je suis Reidun, c'est ma première traversée à bord du *M. V. Tai Yin !*

Reidun, très extravertie, directe et sociable, se demandait comment on pouvait prendre plaisir à se retrouver seul, et encore moins en lisant !

Elle savait qu'en tant que stewardess elle se devait d'être discrète, mais elle ne put s'empêcher de lui demander quels étaient son prénom et son métier ?

– Enchanté Reidun, je suis René, acheteur de laine Français.

– Bonsoir René, Vous passez donc tout votre temps dans votre cabine à lire ? lui demanda-t-elle en soulevant un exemplaire du *Sydney Morning Herald* ouvert à la page des cours de la laine.

– La plupart du temps, oui, mais j'apprécie aussi de me retrouver dehors sur le pont principal pour lire et profiter du bon air marin...

Consciente d'être restée plus longtemps que nécessaire dans la cabine et soucieuse que le repas ne soit pas froid, la jeune femme s'esquiva, non sans avoir souhaité un bon appétit et une bonne soirée à René.

Une fois la porte de sa cabine fermée, celui-ci s'assit sur son lit pour remettre de l'ordre dans ses idées après le passage éclair de celle qui, telle une étoile filante, avait embelli sa soirée. Il grignota rapidement son dîner quelque peu refroidi, puis alla trouver Gjurd, chef du personnel à bord du *M. V. Tai Yin*, pour exiger que dorénavant, chaque soir, seule Reidun lui apporte ses repas. Lorsque cette requête lui parvint aux oreilles, la jeune femme se demanda pourquoi un homme instruit occupant un poste aussi élevé, recherchait la compagnie d'une stewardess ! Elle n'avait pas conscience de l'impact qu'avait eu cette brève rencontre sur René !

CHAPITRE 2

René Dutriez était né le onze juin 1906 à Tourcoing. Troisième d'une fratrie de cinq enfants, il était le seul rescapé de la tuberculose qui avait emporté ses trois sœurs et son frère. Sa mère, Aline, était veuve depuis l'âge de trente-quatre ans, alors que René avait seulement dix ans. Son mari, Louis, était décédé lors de la Première Guerre mondiale, la laissant seule avec leur fils. Elle s'en sortait grâce à la pension de guerre de Louis et en faisant quelques travaux de couture.

René était depuis tout petit d'un tempérament calme, placide, timide et sérieux. Il fut un élève studieux, discret, très réservé mais brillant à l'école. Châtain clair avec de beaux yeux couleur noisette, il était devenu un grand et bel homme.

À Tourcoing, ville textile réputée pour le tissage de la laine depuis le XIXe siècle, il fut embauché jeune comme acheteur de laine dans l'entreprise Trentesaux-Destombes. À l'époque, le jeune homme était désireux de réussir afin de pouvoir adoucir la vie de sa maman, qui s'était beaucoup sacrifiée pour lui.

En 1927, René avait vingt et un ans lorsqu'il effectua sa première traversée à bord d'un transatlantique en direction de l'Australie ; il y était envoyé afin de prospecter et d'acheter de la laine.

En effet, la très belle qualité de la laine australienne faisait du pays le plus gros pays producteur et exportateur au monde. Au XIXe siècle, celle-ci avait d'abord été exportée pour être vendue sur le marché à Londres, avant qu'une relocalisation s'effectue en Australie avec l'ouverture de ventes aux enchères à Sydney, Adelaïde, Fremantle, Brisbane et Melbourne. Provenant en majorité de l'ouest australien, la laine était alors acheminée par train. Désireux de se libérer de la mainmise anglaise, de nombreux pays européens comme la France ou les Pays-Bas, avaient choisi d'acheter la laine à la source : le principal avantage étant une économie de temps et de coût de transport, avec une expédition directe qui ne passait plus par Londres.

Au printemps 1927, lors de ce premier séjour à Sydney comme représentant français d'acheteur de laine, René tomba sous le charme de cette ville. La douceur du climat, l'exotisme et l'abondance de la végétation, les découvertes culinaires inattendues y étaient pour beaucoup ! Il perçut aussi très vite, professionnellement, tout le champ des possibles qu'offrait ce pays. Il devint, après ce premier voyage, l'acheteur de laine attitré de l'entreprise Trentesaux-Destombes.

CHAPITRE 3

En 1946, lorsqu'il rencontra Reidun, René avait quarante ans et malgré plusieurs aventures, plus ou moins longues, on pouvait le considérer comme un vieux garçon. Aline, sa maman, avait très certainement eu une influence sur le fait que son fils ne se soit jamais marié. Elle avait toujours estimé qu'aucune des femmes qu'il lui avait présentées n'était à sa hauteur. Sans doute avait-elle peur que son fils, le seul qu'il lui restait, s'éloigne d'elle en ayant une autre femme dans sa vie. Mais René, en une brève rencontre, avait été séduit par la fraîcheur, la spontanéité et la personnalité de Reidun, tellement opposée à la sienne. Sans compter qu'il n'était pas indifférent au physique de la jeune femme, qui l'avait charmé dès le premier instant. En faisant la demande qu'elle seule vienne chaque soir lui amener son dîner, il espérait la connaître davantage et profiter, même un court moment, du vent de fraîcheur et de jeunesse qui émanait d'elle.

Ainsi, le deuxième soir où Reidun frappa à sa porte, il l'invita à rentrer et pour satisfaire la curiosité de la jeune femme quant aux documents présents sur son bureau, il lui expliqua qu'il étudiait le cours de la laine afin de déterminer laquelle acheter une fois arrivé à destination. Il lui raconta qu'il aimait aussi être informé des événements se déroulant dans les fermes d'élevage de moutons disséminées en Australie pour ne pas perdre le fil des actualités entre deux voyages sur chaque continent.

– J'aime me rendre à la salle des ventes de la laine située sur Bridge Street ; en étant au contact de la source de production et en me familiarisant avec les producteurs sur place, j'aiguise mes connaissances du marché, et j'obtiens des informations de premier ordre sur la production de la laine afin de l'acheter ensuite au meilleur prix. De plus, l'existence du câble transocéanique me permet également d'échanger et de transmettre directement en France ces informations afin d'acheter en conséquence. D'ordinaire pudique, René prit plaisir à lui expliquer en détail sa passion pour son métier.

Impressionnée et surprise qu'il s'épanche, Reidun lui révéla être la dernière d'une fratrie de onze enfants composée de huit filles et trois garçons. Elle lui confia être très proche de son frère Bjarne, avec qui elle avait pourtant neuf ans d'écart. Elle se remémora ce soir-là en compagnie de René qu'enfant, elle retrouvait Bjarne après l'école et qu'ils couraient ensemble jusqu'au port de Namsos où habitaient la famille Ottesen. Reidun et son frère passaient des heures à regarder la mer et les bateaux de pêche revenir à quai et déverser leur cargaison de harengs frais… Elle lui avoua qu'elle adorait plus que tout lorsque Bjarne lui racontait des histoires sur leurs ancêtres les Vikings. Ces histoires l'avaient passionnée. Elle avait alors eu conscience qu'au-delà des fjords, il existait d'autres pays, mille autres réalités, et cette perspective l'avait fait rêver. Elle n'avait pas peur de la mer. Au contraire, elle l'attirait, l'apaisait et elle était toujours heureuse lorsque son père, Hartvig, Capitaine d'un navire de pêche, l'emmenait sur son bateau se promener entre deux expéditions de pêche ! Reidun lui parla également de sa mère, Hansine qui restait à la maison et s'occupait de ses onze enfants. Encouragée à s'épancher par René, Reidun expliqua qu'on vivait modestement chez les Ottesen : les aînés passaient leurs vêtements trop petits aux suivants, Hansine les raccommodant et les rapiéçant au passage…

Hansine elle-même ne disposait que de deux tenues : l'une pour la semaine, composée d'une simple robe noire avec des broderies traditionnelles sur la poitrine, et un tablier blanc qu'elle nouait chaque matin autour de sa taille. Sa deuxième tenue consistait en une jupe noire en coton accompagnée d'une blouse blanche et d'une sorte de châle qu'elle fermait grâce à une broche dorée piquée de perles, offerte pour son mariage. C'est dans cette tenue qu'une fois par semaine, Hansine, qui était luthérienne, se rendait à l'église de Namsos. Reidun et René se retrouvèrent tellement absorbés par leurs échanges qu'ils en oublièrent le temps.

Soudain Reidun réalisa qu'elle avait traîné beaucoup plus qu'elle n'aurait dû !

— Oh, Je m'excuse, j'ai été trop bavarde, je suis en retard, je dois reprendre mon service. Elle s'empressa alors de quitter la cabine de René non sans lui avoir souhaité une bonne soirée.

En effet, après avoir déposé les plateaux des passagers souhaitant dîner dans leur cabine, Reidun devait se rendre sur le pont principal afin de collecter toutes les serviettes sur les chaises longues et les ramener à la lingerie pour qu'elles soient nettoyées.

Plus tard ce soir-là, une fois son service terminé, allongée sur la couchette de la cabine qu'elle partageait avec Else, Reidun s'évada en pensées vers la Norvège, ses parents, ses frères et sœurs... Au bout de plusieurs jours, dès que Reidun franchissait le pas de la cabine 55, René et elle reprenaient leur conversation là où ils l'avaient laissée la veille...

René était depuis tout petit d'un tempérament réservé, mais au contact de Reidun, il se livrait et s'en étonnait lui-même. Reidun apprit ainsi qu'il aimait particulièrement cuisiner notamment la fameuse recette de flamiche au maroilles et le gratin de chicons de sa maman Aline !

De son côté, elle lui détailla ses longues balades dans la forêt autour du fjord et lui parla des anémones des bois et des gentianes, qu'elle ramassait en chemin puis plaçait dans des coupelles de rondin de bois coupées par ses frères. René eut rapidement, grâce à leurs conversations, un aperçu de la vie quotidienne dans un fjord du comté de Nord Trondelag. Leurs échanges s'effectuaient en anglais, langue que Reidun parlait approximativement et avec un fort accent norvégien qui charmait et troublait l'acheteur de laine...

Un soir, René lui prêta un livre sur l'Australie qu'il semblait avoir déjà lu et relu.

– C'est le premier livre que j'ai acheté en arrivant à Sydney la première fois, lui confia-t-il. Il m'a été assez utile et il vous permettra de vous familiariser avec la ville de Sydney où nous allons accoster, son climat et sa flore locale. Bien entendu, il parle également de l'Australie dans sa globalité. Mais apprenez déjà à connaître Sydney, ce sera sûrement un dépaysement total pour quelqu'un comme vous qui vient de Norvège.

Étonnée et ravie à la fois, Reidun s'empressa de le remercier avant de quitter sa cabine. À partir de ce soir-là, une fois son travail terminé, Reidun prit plaisir à lire soigneusement le livre prêté par René ; ce qu'elle y lut décupla son envie de découvrir ce pays et, au-delà, d'en discuter avec le discret et séduisant voyageur de la cabine 55.

CHAPITRE 4

Une fois sa lecture terminée, un soir où elle apportait son plateau à René, Reidun lui rendit par la même occasion son livre. Il insista pour qu'elle le garde et lui posa mille et une questions sur ses impressions suite à sa lecture, ses éventuelles craintes ou attentes au sujet du continent australien. Surprise et heureuse de pouvoir discuter avec lui qui connaissait si bien Sydney, Reidun lui exposa librement ses sentiments tout en lui expliquant n'avoir aucune attente particulière si ce n'est découvrir et mieux connaître la flore australienne.

— Ma seule véritable crainte réside dans la présence de grosses araignées qui, rien que sur les illustrations du livre, me terrorisent déjà... René, ravi de voir que son livre lui avait plu, la rassura au sujet des araignées alors que lui-même n'était pas très à l'aise lorsqu'il se retrouvait nez à nez avec un spécimen de grande taille !

La traversée se déroulait paisiblement sur le *M. V. Tai Yin.* Reidun et Else se levaient tôt pour distribuer les petits-déjeuners dans les cabines de première classe, elles se rendaient ensuite dans la salle à manger pour aider au service avant d'aller à la lingerie. Puis elles s'occupaient l'après-midi du ménage des cabines. Durant le temps de pause, Reidun prenait une couverture propre à la lingerie et allait sur le pont inférieur s'allonger près du bastingage afin de respirer l'océan, et s'émerveiller du vol des oiseaux. Ces instants étaient aussi pour elle l'occasion de regarder les passagers jouer au jeu de palets, au cricket ou au badminton sur le pont inférieur et, dans le grand salon à l'intérieur, de regarder ceux lancés dans des parties d'échecs ou de dominos.

CHAPITRE 5

Un après-midi où Reidun traversait les couloirs du paquebot à grandes enjambées, avec dans ses bras une pile de serviettes propres, elle croisa une jeune maman portant un bébé de quelques mois... Reidun laissa tomber sa pile de serviettes et resta interdite au milieu du couloir, le regard au loin. Comme frappée par une évidence, elle se mit à pleurer sans pouvoir s'arrêter. Ce fut un passager qui, croisant la belle stewardess en pleurs, prévint Else. Celle-ci s'empressa d'emmener Reidun dans leur cabine et de prévenir Gjurd que Reidun avait besoin de se reposer quelques heures avant de reprendre son travail. Else ne se ménagea alors pas en accomplissant son travail ainsi que celui de son amie. Une fois remise de ses émotions, Reidun arrangea rapidement sa tenue avant de reprendre son poste comme si de rien n'était. Les passagers n'ayant pas eu à souffrir de son absence, Gjurd ne lui fit aucune réflexion sur ce moment de faiblesse. Else, quant à elle, la pressa de questions pour comprendre ce qui lui était arrivé dans l'après-midi.

— Ne t'inquiète pas Else, ce n'était qu'un instant de faiblesse passager, un peu de fatigue peut-être. Cela ne se reproduira pas, la rassura-t-elle.

Mais, témoin des pleurs, tremblements et sanglots de son amie, Else se doutait qu'elle lui cachait quelque chose. Elle ne fut donc pas totalement rassurée et fut même un peu déçue que Reidun, d'habitude très bavarde, ne s'épanche pas.

CHAPITRE 6

À compter de ce jour-là, Reidun travailla sans relâche, toujours prête à suppléer Else dans les tâches les plus ingrates, toujours un sourire aux lèvres... Son moment préféré de la journée était le soir, lorsqu'elle apportait le plateau-repas de René et qu'il l'invitait dans sa cabine pour savoir comment s'était passée sa journée et si elle allait bien. Elle s'attacha à ce petit rituel, et René prit l'habitude de manger son plateau-repas froid. Lorsqu'il était tout à fait honnête avec lui-même, René avait conscience de son attirance pour la jeune femme, qui le désarmait par sa spontanéité, sa naïveté et sa beauté. Un soir du mois d'avril, peu avant leur escale à Cape Town, en raccompagnant Reidun à la porte de sa cabine après qu'elle eut déposé son plateau, il l'embrassa et Reidun, stupéfaite sur l'instant, répondit à ce baiser en le prolongeant. Il savait qu'une fois arrivée à destination, la majorité des membres de l'équipage séjournait dans une pension dans le quartier de King's Cross avant d'effectuer, quinze jours plus tard, le trajet à bord du paquebot en sens inverse. Dans un élan, très loin de sa personnalité timide et réservée, il proposa à Reidun de séjourner avec lui à l'hôtel *Australia*, situé au cœur de Sydney. Même si elle était décontenancée par son baiser et cette proposition, Reidun accepta aussitôt, heureuse de pouvoir compter sur lui une fois arrivée à Sydney et de prolonger leur relation, qui se résumait à un baiser et des discussions quotidiennes sans engagement.

CHAPITRE 7

Après une escale à Fremantle, au sud-ouest de l'Australie, le paquebot s'arrêta à nouveau à Melbourne avant d'arriver dans le port de Sydney, à Circular Quay, par un beau matin de mai 1946. C'était l'automne, les températures allaient de quatorze degrés environ le matin et grimpaient jusqu'à vingt-quatre l'après-midi. Ce type de climat était très éloigné de ce qu'avait connu Reidun en Norvège, sans que cela ne la dérange. Elle n'avait en revanche aucun vêtement adapté, étant donné que le climat norvégien ne correspondait en rien à celui de Sydney. Elle avait, par ailleurs, porté pendant six semaines un uniforme fourni par le *M. V. Tai Yin*. En la regardant descendre avec lui du paquebot, René réalisa qu'il fallait rapidement rhabiller Reidun.

Else fut surprise et déçue quand son amie lui apprit qu'elle séjournerait à l'hôtel avec René et non en sa compagnie, à la pension de famille des Wilson dans le quartier de Kings Cross. Lors de leur descente jusqu'au quai, elle souhaita à Reidun un bon séjour, avant qu'elles ne se retrouvent toutes deux pour le voyage retour en Norvège, deux semaines plus tard. Toute à son bonheur de découvrir la ville, Reidun la salua brièvement, impatiente d'aller à la rencontre de Sydney.

Reidun profita de ce que René récupérait ses bagages pour aller au bout du quai, là où l'on avait la meilleure vue de la mer. L'étendue bleu marine baignée de soleil s'offrait à perte de vue, bordée de côtes verdoyantes et rocheuses de l'autre côté de la rive que l'on traversait en ferry. Son regard allait de Harbour Bridge à la rive nord, à l'opposé de Circular Quay.

— Prête ? lui demanda soudain René.

La jeune femme réalisa alors qu'elle allait suivre un homme qu'elle connaissait à peine, même s'ils avaient tout au long de la traversée, échangé leurs impressions et sentiments. René réussit à trouver un taxi pour Castlereagh Street. L'hôtel qui avait ouvert ses portes en 1891 était considéré comme le meilleur d'Australie et le premier de Sydney. Jusqu'ici, René séjournait lui-même dans une bonne pension de famille située près de Bridge Street, à côté de la salle des ventes de la laine, mais il voulait impressionner Reidun et se faire plaisir en descendant dans ce bel établissement. L'hôtel disposait d'une large entrée. Un escalier en marbre gris et blanc et flanqué de colonnes doriques en marbre rouge menait au hall d'entrée. La réception de l'hôtel était entourée de colonnes carrées. De la réception, un magnifique escalier néoclassique en marbre de Carrare multicolore permettait d'accéder au premier étage. De là, un escalier victorien en acajou sculpté doté de vitraux menait jusqu'aux dernières chambres du dixième étage.

Le premier étage de *L'Australia Hotel* se composait d'un couloir impressionnant desservant de multiples salles de réception en plus d'un jardin d'hiver, très prisé pour y boire le thé le matin ou l'après-midi, comme pour y prendre des déjeuners légers ou des soupers avant de se rendre au théâtre. Il comprenait aussi le salon mauresque menant à l'immense salle à manger, prénommée la salle Émeraude, en raison de son plafond richement décoré, haut de plus de six mètres et garni de lustres italiens, ainsi qu'une fontaine agrémentée de statues, engloutie dans une végétation luxuriante.

L'Australia Hotel était également réputé pour ses

très beaux tableaux de scènes australiennes, dont huit aquarelles du célèbre artiste Gladstone Eyre. Tout, dans l'atmosphère raffinée, rappelait les grands hôtels européens. Aussi, lorsqu'elle entra dans le hall, Reidun fut-elle saisie d'émerveillement. L'architecture et le luxe de l'hôtel l'époustouflèrent. Elle était très loin de Namsos et de la maison de Hartvig et de Hansine... Elle ne put s'empêcher d'aller respirer le parfum captivant des fleurs de frangipaniers disposées en bouquet sur le comptoir. Ces fleurs, qu'elle découvrait pour la première fois, seraient définitivement ses préférées en Australie.

René et elle gravirent prestement l'escalier principal pour atteindre la suite 707 avant de déposer les bagages de René, l'unique sac de Reidun et de prendre un bain à tour de rôle. Il fut ensuite question de s'occuper de la garde-robe de Reidun, qui se limitait à la jupe et au chemisier qu'elle portait quand elle avait quitté Oslo ainsi qu'à quelques autres vêtements usés et rapiécés . La jeune femme, qui jusqu'ici avait toujours hérité et porté les vêtements devenus trop petits de ses sœurs aînées, ne se doutait pas un instant du monde auquel René allait lui donner accès.

CHAPITRE 8

René et Reidun se rendirent dans le grand magasin *David Jones* situé sur Market Street, entre Elizabeth Street et Castlereagh Street, à cinq minutes à pied de l'hôtel. L'établissement comprenait un département de mode très fourni avec de nombreux vêtements importés directement de France. René savait parfaitement quel type d'habits épouserait au mieux le corps de Reidun. Il ne se trompa pas en lui faisant essayer d'abord des pantalons larges en coton et en denim à taille haute. Ce type de pantalon convenait parfaitement pour une tenue décontractée indispensable à la garde-robe. La jeune femme aima aussitôt ce style, qui mettait en valeur ses jambes et lui permettait d'être à l'aise pour se balader librement. Reidun en choisit plusieurs dans différents coloris, ainsi que des chemisiers à manches longues et manches courtes bouffants aux épaules et resserrés au niveau des poignets. Ces chemisiers avaient soit un petit col V, soit un col rond avec une échancrure sur le devant, ce qui plaisait beaucoup à Reidun, habituée aux coupes austères des vêtements norvégiens. René décida qu'il fallait compléter sa garde-robe avec des tenues plus chics et habillées pour aller au restaurant, par exemple. Il s'apprêtait à lui en parler, quand il s'aperçut qu'elle était déjà en train de sélectionner plusieurs jupes et robes, comme si elle avait deviné ses pensées. Lorsque Reidun sortit de sa cabine d'essayage après avoir revêtu une robe en organza de couleur beige fendue et cintrée par une ceinture, René ne put s'empêcher de s'exclamer d'admiration devant sa silhouette élégante et raffinée. La robe flattait son joli corps, le mouvement du tissu à chacun de ses pas laissait entre-apercevoir ses jambes longues et minces. Ils choisirent ainsi un peu plus de cinq jupes et robes dans divers coloris.

Dès 1946, le journal de mode Australien *The Australian Women's Weekly* décida de ramener en Australie la mode parisienne dans une volonté d'afficher du glamour et du luxe après les restrictions de la guerre. Le correspondant londonien du magazine et l'éditeur de mode basé à Sydney avaient été envoyés à Paris, où ils avaient rencontré les stylistes les plus connus du moment. Des vêtements et accessoires furent sélectionnés, des mannequins recrutés pour porter les créations de Worth, Fath, Lelong, Balmain, Carven, Patou et Molyneux. En partenariat avec le département mode du magasin *David Jones*, un premier défilé français fut organisé lors d'un gala que la presse qualifia comme l'un des évènements de la haute société les plus marquants de l'année !

Pour l'heure, Reidun était à la fois étourdie et bouleversée par le pouvoir magique qu'elle attribuait aux vêtements qu'elle enfilait dans la cabine d'essayage. À chaque nouvelle tenue, elle se découvrait une allure et une image qu'elle n'avait jusqu'ici jamais soupçonnées. Grâce à René et à cette première visite dans ce beau magasin, Reidun se découvrit une passion pour la mode et les vêtements, qui lui permettaient de devenir une autre femme...

Ils rentrèrent ensuite à pied à l'hôtel bras dessus bras dessous pour aller déjeuner.

— Suis moi, je sais exactement où je dois t'emmener, déclara René.

Pour leur premier après-midi, René et Reidun allèrent se promener au Royal Botanic Garden, où Reidun s'émerveilla de la richesse des variétés d'arbres et de fleurs, des odeurs et des couleurs qu'elle découvrait. Elle retrouvait la flore et la végétation décrite dans le livre que René lui avait prêté sur le *M. V. Tai Yin* et, en les voyant devant elle, ils lui semblaient plus beaux et plus odorants que ce qu'elle avait imaginé, allongée le soir sur la banquette-lit de sa cabine. René dut convaincre Reidun qu'elle pouvait revenir au parc quand bon lui semblerait afin de l'emmener prendre le ferry à Circular Quay pour se rendre de l'autre côté de la baie à Cremorne Point, banlieue calme et verdoyante, sur la rive nord du port et du centre-ville de Sydney. Il aimait beaucoup se promener le long du circuit de marche.

Montée à bord de l'imposant ferry vert et blanc, Reidun apprécia d'être sur l'eau et d'effectuer la petite traversée. Le bercement des vagues accompagné de la vue sur la baie l'enchantait. Assise à côté de René, elle l'embrassa alors spontanément, ivre de bonheur. Et, charmé, René répondit à ce baiser fougueux. Une fois arrivés, ils commencèrent par déambuler dans la Cremorne Reserve, large de seulement trente mètres, qui constituait un agréable mélange de buissons, de jardins ornementaux et de falaises de grès. Le sentier pédestre traversait la réserve et les amena au phare de Robertsons Point, d'où ils jouirent d'une vue spectaculaire sur le port. Reidun en profita pour contempler longuement le paysage, sentir tous les parfums, pendant que René l'observait, ému de la voir si pleine de curiosité, du plaisir de ces découvertes et de spontanéité. Ils commencèrent alors la promenade du circuit de Cremorne Point, entouré par les eaux calmes de Mosman Bay et de Shell Cove. Ils arrivèrent jusque devant de magnifiques jardins, des manoirs impressionnants et purent profiter d'une vue panoramique sur le port de Sydney. En poursuivant leur balade vers le nord, au-delà de l'école de voile et de l'ancien quai, ils s'arrêtèrent à la piscine McCallum.

Cette piscine d'eau de mer de trente-trois mètres, construite au départ comme une piscine rocheuse, permettait aux résidents de faire leurs longueurs avec, à l'horizon, la vue sur le Harbour Bridge et le centre de Sydney. En cette fin d'automne, l'endroit offrait un cadre enchanteur : il y poussait de grands palmiers et l'on entendait le chant des kookaburra et des cockatoo. La lumière de fin d'après-midi était magnifique et Reidun s'assit sur l'herbe pour se reposer, avant de marcher pieds nus en contemplant la baie. Fatigués mais heureux, ils rentrèrent à l'hôtel.

Au restaurant, René passa commande pour tous les deux et, il proposa à Reidun ce qui allait devenir sa boisson préférée : le champagne ! C'était la première fois qu'elle goûtait à cette boisson pétillante, et les fines bulles du champagne la charmèrent aussitôt. Le mouton, par contre, avec son goût prononcé, ne l'enchanta pas autant. Au cours du repas, elle taquina René sur le fait que c'était la première fois qu'ils dînaient ensemble et qu'elle ne lui apportait pas son plateau-repas. Il se déclara ravi de ne plus avoir à manger ces affreux dîners et de pouvoir profiter pleinement de sa compagnie sans qu'elle n'ait à partir et à le laisser seul pour le reste de la soirée… Et cette nuit-là fut une véritable fête ; Reidun découvrit le bonheur de se retrouver dans les bras d'un homme aussi expérimenté et sécurisant, quant à René, il y avait longtemps qu'il n'avait eu de compagne, et il éprouva un immense plaisir à lui faire l'amour.

CHAPITRE 9

L'*Australia Hotel* vit naître la relation amoureuse de René et Reidun. Chaque jour, la jeune femme partait à la découverte de Sydney : à pied, en ferry, en tramway électrique dont le réseau desservait la banlieue intérieure de la ville, en train, qu'elle prenait à la gare souterraine de Wynyard... Elle avait tellement soif de dépaysement et de découvertes qu'elle parcourait sans fin la ville et tout ce qu'elle avait à offrir. René travaillait et, le soir, ils étaient heureux de se retrouver. Il lui posait mille et une questions sur ses découvertes et ses impressions, et elle lui racontait en détail ses multiples périples et rencontres. Elle découvrait de nouveaux sentiers de balade et des petites plages à l'abri des regards, où tous deux se rendaient le week-end. Ils aimaient pique-niquer et parler. Reidun, des fleurs et des arbres découverts depuis son arrivée, René du contraste saisissant entre l'Australie et la France. Tous deux étaient d'accord sur la qualité de vie que la ville leur offrait, et ils apprenaient jour après jour à se connaître et à s'aimer...

Au bout d'une dizaine de jours, alors que l'échéance de la date du retour du *M. V. Tai Yin* pour la Norvège approchait, René proposa à Reidun qu'ils emménagent ensemble. Il aimait la façon dont elle découvrait chaque jour Sydney, telle une enfant déballant ses cadeaux de Noël, avec avidité et excitation. Reidun en était tombée amoureuse, comme de René, tandis que tout ce qui concernait la Norvège restait fermement verrouillé au fond de son cœur. Ce fut donc tout naturellement qu'elle accepta qu'ils vivent tous les deux.

Ils quittèrent leur suite de l'*Australia Hotel* le jour où le *M. V. Tai Yin* quitta le port de Sydney. Ils louèrent alors une petite maison dans le quartier de Kings Cross, sur Victoria Street, un quartier vivant, bohémien et cosmopolite, peuplé essentiellement d'immigrés venus de toute l'Europe. Il y avait là beaucoup de divertissements, de cafés et de restaurants ouverts tard le soir, pour le plus grand bonheur de Reidun ! Ils fréquentèrent d'ailleurs très régulièrement le *California Café*, où des récitals impromptus et des spectacles étaient souvent organisés. René suivait Reidun pour lui faire plaisir. Elle découvrait une vie nocturne dont elle ignorait toute existence quelques semaines auparavant, et elle n'aimait rien moins que s'habiller pour leurs sorties le soir.

Chaque jour, en fin d'après-midi, après s'être baladée, la jeune femme allait au *Kookaburra Café* au coin de Springfield Avenue et Darlinghurst pour y manger son gâteau préféré, le *carrot cake*, accompagné d'une coupe de champagne. En vivant avec René, Reidun découvrit qu'il était un excellent cuisinier qui aimait créer et inventer des plats en composant avec les ingrédients et épices exotiques arrivés en Australie avec l'immigration.

Quelques semaines après leur installation, courant juin, au début de l'hiver, René dut rentrer en France pour affaires. Ce voyage était prévu depuis longtemps, mais il était un peu inquiet de laisser Reidun seule à Sydney. Il lui proposa de l'accompagner, mais celle-ci préféra rester plutôt que de se retrouver en France chez la mère de René, qui parlait à peine quelques mots d'anglais. Or Reidun, de son côté, ne connaissait pas le français. Elle avait, par contre, en quelques semaines, approfondi son anglais grâce à sa nature extravertie, qui l'amenait à aller au-devant des gens pour communiquer, et elle ne conserva très vite qu'une vague trace d'accent norvégien.

Après leur installation, Reidun avait d'ailleurs vite sympathisé avec le gérant de l'épicerie dans leur rue comme celui du *California Cafe* et du restaurant *Claremont*, où elle aimait beaucoup dîner.

René fit donc seul le trajet jusqu'en France par la mer. Le voyage en avion en était encore à ses balbutiements en 1946. Le premier vol de 1935 avait pris douze jours pour relier l'Australie à Londres, avec pas moins de trente et une escales !

À peine monté à bord, René répondit brièvement à Else et Gjurd, étonnés et déçus de ne pas voir Reidun effectuer la traversée.

— Où est Reidun, elle n'est pas avec vous ? demanda Gjurd à René.

— Non, ce serait trop long de vous expliquer, mais elle a préféré rester à Sydney, répondit ce dernier.

— Mais comment vais-je faire pour m'occuper de tous les passagers de première classe ? se récria Else, qui avait surpris l'échange entre les deux hommes.

Elle dut se débrouiller seule et effectuer le travail pour deux, alors que Gjurd n'avait aucune solution ou possibilité de remplacer Reidun, le navire ayant déjà appareillé.

Le trajet à bord du *M. V. Tai Yin* sembla à René long et ennuyeux sans Reidun. Il prit tous ses repas en cabine et profita de la traversée pour lire et se reposer. Il était vrai que, depuis l'arrivée de Reidun dans sa vie et leur emménagement, il était sorti presque chaque soir, pour s'intégrer à leur nouveau quartier et se familiariser avec leurs voisins. Lui qui était normalement si casanier !

Pendant le voyage de René, Reidun se balada comme à son habitude et continua de sortir le soir. Un jour où elle commençait à s'ennuyer, soit au moment où René arriva en France, elle partit se promener du côté de Bondi Beach. Ce n'était pas la première fois qu'elle s'y rendait et, comme à chaque fois, elle parcourut les six kilomètres cinq à pied entre King's Cross et Bondi. Arrivée sur place, elle se promena sur la plage et se retrouva face au club de natation amateur pour dames. Il comptait trois cents membres en 1946, ce qui en faisait le plus grand club de natation féminin de la Nouvelle Galles du Sud, et peut-être de l'Australie. Cet après-midi-là, un groupe de quelques femmes apprenait à nager dans la piscine rocheuse. Reidun regarda ces dernières, subjuguée pendant de longues minutes. Il lui semblait qu'avec leurs corps elles prenaient possession de l'océan. L'océan ayant toujours eu un pouvoir d'attraction et d'apaisement très fort sur elle, elle décida qu'elle allait apprendre à nager sur-le-champ.

Elle commença par s'inscrire au club, puis marcha à vive allure jusqu'au ferry le plus proche afin de se rendre au centre de Sydney chez *David Jones* s'acheter un maillot de bain. Elle opta pour un deux-pièces noir, dont le bas ressemblait à une minijupe et le haut laissait apercevoir sa taille fine. Reidun commença les cours dès le lendemain. Débutante, elle intégra un groupe composé de cinq femmes d'âges diverses. Très naturellement, elle se rapprocha de celle qui lui était proche en âge : Cathy Smith qui avait vingt-six ans. Un peu moins grande que Reidun, les cheveux noirs coupés court, elle avait de beaux yeux verts et une colonie de taches de rousseur sur le visage. Mariée à Jack, un employé de banque, elle était maman d'un petit garçon de deux ans et vivait non loin de la piscine. Apprendre à nager pour elle relevait d'un passe-temps. Cela lui permettait de sortir de chez elle et de faire autre chose que s'occuper de son fils, Sam. Très vite, les deux femmes prirent plaisir à se retrouver ; elles se voyaient chaque semaine au cours du mardi. Puis, Cathy proposa un jour à Reidun de venir chez elle boire un thé, après une leçon. Celle-ci accepta, ravie, car jusque-là, elle n'avait eu comme amies que ses sœurs. Ce fut un tel plaisir pour elle de découvrir les joies d'une amitié féminine !

Chaque mardi, Reidun apprenait à nager avec enthousiasme au club de natation amateur pour dames de Bondi. Mais très vite, elle se rendit également à la piscine pour femmes *Coogee Women's Pool*. Cette piscine d'eau de mer de vingt mètres de long lui permettait, entre deux cours à Bondi, de s'entraîner. Elle s'y rendait quasiment tous les jours.

Au bout de quelque temps, elle fut amenée à évoluer dans un cours de niveau supérieur qui avait lieu le lundi, alors que Cathy dut rester chez les débutantes. Les deux femmes restèrent néanmoins amies, et se retrouvaient généralement chaque mardi chez Cathy. Celle-ci avait un très beau jardin dont elle prenait grand soin et les deux femmes buvaient le thé en parlant fleurs, arbres jardinage et nature…

Après trois semaines en France, René estima qu'il pouvait rentrer en Australie. Il avait fait ce qu'il avait à faire professionnellement chez Trentesaux-Destombes, et également veillé à ce qu'Aline, sa mère, ne manque de rien, même si celle-ci aurait aimé garder son fils pour elle encore un moment… Surtout, Reidun lui manquait ; il avait hâte de la retrouver ! Il aurait aimé lui ramener des tenues de Vionnet, Chanel ou Germaine Lecomte, mais il eût fallu pour cela aller à Paris et René était trop impatient de la serrer dans ses bras.

Durant le voyage du retour pour Sydney, à bord du transatlantique effectuant la traversée, René retrouva Marcel Pellier, acheteur de laine comme lui dans le nord de la France et habitant Sydney : il avait épousé quelques mois plus tôt Françoise, une de ses cousines éloignée. Les deux hommes se connaissaient surtout sur un plan professionnel, car René, de nature solitaire, n'avait jamais vraiment cherché à faire plus ample connaissance. Mais, alors que d'habitude il aimait effectuer sa traversée à l'écart des autres, il prit plaisir à échanger et à passer du temps avec Marcel, et la traversée passa ainsi plus rapidement.

Lorsqu'ils arrivèrent à Sydney, Marcel Pellier promit à René que Françoise leur ferait bientôt signe afin qu'ils fassent tous deux connaissance avec Reidun. René prit alors un taxi pour rentrer à Kings Cross et retrouva avec bonheur Reidun, qui l'attendait impatiemment. Après s'être longuement embrassés, Reidun fut tout excitée de pouvoir lui raconter comment elle avait mis à profit son absence pour apprendre à nager.

René fut impressionné, d'autant plus que celle-ci effectuait à chaque fois ses trajets à pied, délaissant le bus ou le tramway. Il revenait en outre à la fin de l'hiver et il constata qu'à l'inverse de lui, Reidun n'était absolument pas frileuse. Les températures, certes plus clémentes qu'un hiver en Norvège, ne l'empêchaient pas d'aller se baigner quotidiennement et elle n'avait même pas investi dans un manteau pendant son absence ! Tout au plus enfilait-elle une veste qu'elle lui empruntait pour sortir. Ils passèrent cette journée de retrouvailles d'abord au lit, puis ils décidèrent de flâner du côté de Cremorne Point.

Lors de cette balade, ils partirent de la McCallum Pool en direction des rues alentour, où ils admirèrent les magnifiques demeures et maisons, avant d'aller un peu plus haut sur Bogota Avenue. Reidun marchait vite, comme toujours, un peu devant René qui essayait de la rattraper en allongeant le pas... Arrivé devant le n° 5 de Bogota Avenue, il trouva Reidun à l'arrêt en train de regarder avec émerveillement la belle demeure familiale qui lui faisait face. Nichée dans un cul-de-sac, la maison en briques de couleur crème, avec un toit de tuiles, s'élevait sur deux étages et avait en façade une végétation qui, au printemps-été, devait être dense et verdoyante. On devinait qu'à l'arrière se trouvait un vaste jardin entretenu et boisé avec, en contrebas, une vue certainement splendide sur toute la baie de Sydney. René interrompit la rêverie de Reidun en passant son bras autour de sa taille. Il remarqua alors que la jeune femme fixait un panneau planté sur le côté du perron menant à la porte d'entrée. Celui-ci indiquait que la maison était mise en vente aux enchères courant septembre... Ils descendirent ensuite Bogota Avenue, puis tournèrent à gauche pour retourner à la piscine McCallum ; là, tous deux s'assirent dans l'herbe en haut de l'escalier en pierre, tout en admirant la baie et les allers et retours des ferries. Ils discutèrent alors à cœur ouvert de leur vie, de leur amour et de leur attachement au cadre de vie incroyable que leur offrait Sydney.

Toujours très expansive et enjouée, Reidun vanta auprès de René les avantages multiples à vivre à Cremorne Point et la facilité qu'il aurait à se rendre en salle des ventes en prenant le ferry. Elle avait eu un vrai coup de cœur pour la maison de Bogota Avenue, et elle se voyait bien habiter cette péninsule paradisiaque et calme de la ville nichée dans la nature.

René, de son côté, avait eu tout le temps de réfléchir lors de son voyage vers la France. Il en était venu à la conclusion qu'il était temps pour lui de se poser et de fonder une famille. Il voyait en Reidun la femme idéale... Au-delà de sa beauté physique, il aimait sa curiosité d'esprit, sa manière entière et passionnée d'aimer et de vivre. Il parla alors ouvertement à Reidun de se marier, d'acheter une maison comme celle de Bogota Avenue et d'avoir des enfants.

— Marions-nous ma chérie ! Nous nous aimons si fort tous les deux. J'ai quarante ans, je ne veux plus perdre de temps, veux-tu devenir ma femme ? lui déclara-t-il.

Depuis son arrivée en Australie, Reidun avait vécu sans

arrière-pensée, toute à sa joie de faire connaissance avec cette ville dépaysante ouverte sur l'océan et sur la nature. Elle se sentait déjà à Sydney comme chez elle, sans regrets pour la Norvège ni de pensées pour sa famille. Elle était tombée amoureuse de la ville au même titre qu'elle avait eu un coup de foudre pour l'homme avec lequel elle vivait, entièrement et totalement, avec passion. L'intelligence, le charme et l'assurance tranquille de René la rassuraient et lui faisaient du bien. Et sa déclaration la touchait d'autant plus qu'il n'était alors pas question pour elle de repartir pour la Norvège. C'est donc à la McCallum Pool, cet après-midi-là, que René et Reidun décidèrent de se marier et de s'installer définitivement en Australie.

Avec le printemps, Reidun découvrit une nouvelle saison et avec elle une nouvelle facette de Sydney. Chaque jour, dans ses balades, elle s'extasiait devant les bourgeons des jacarandas, des frangipaniers et des hibiscus qui lui révélaient au fur et à mesure des semaines des fleurs magnifiques et tellement parfumées. Elle affectionnait particulièrement les fleurs violettes des *jacaranda trees*, les tons roses, rouge orangé des fleurs d'hibiscus ainsi que l'élégance de celles des frangipaniers aux tons jaune et blanc. Un soir de septembre, René, d'habitude peu enclin à sortir, emmena Reidun dîner dans le meilleur restaurant français de Sydney, le *Prince's* à Martin Place. Pour cette occasion, elle revêtit une belle robe de la couturière australienne Beril Jents, célèbre pour ses créations et pour confectionner des copies de grands couturiers français. Beril avait une boutique et ses bureaux à Kings Cross, pas très loin d'où habitaient René et Reidun. Reidun attachait, depuis ses premiers achats à *David Jones*, une grande importance à toutes ses tenues et à se tenir informée des dernières tendances. Elle avait donc acheté plusieurs vêtements chez cette styliste, qui jouissait d'une excellente réputation en Australie. La robe couleur crème que Reidun portait affichait un profond décolleté en V et avait la taille très cintrée avant de descendre jusqu'à mi-mollet. Elle laissa ses cheveux détachés et mit une touche de rouge à lèvres. Relativement hâlée par ses sorties quotidiennes, elle ne se maquillait pas beaucoup, mais elle avait appris chez *David Jones* à ourler ses cils de noir et à habiller sa bouche de rouge.

Arrivés au *Prince's*, Reidun commanda, comme à son habitude, une bouteille de champagne pour accompagner son poisson. À peine avait-elle trempé ses lèvres dans son verre que René lui déclara que la maison de Bogota Avenue était à eux et qu'ils pouvaient emménager courant octobre. Reidun, comme une enfant, tapa des mains et se jeta à son cou, folle de joie ! Une nouvelle vie allait commencer et elle s'en réjouissait, même si elle était un peu triste de quitter Kings Cross et sa vie bouillonnante, car l'ambiance à Cremorne Point était radicalement différente. René, quant à lui, en était heureux, car il commençait à se lasser de cette vie sociale envahissante. Il se réjouissait d'aller habiter un quartier résidentiel et espérait que sa femme allait s'adapter à une vie plus calme…

CHAPITRE 10

Avant le déménagement, Reidun connut un épisode dépressif. Au cours de ses promenades, elle ralentissait pour sentir une fleur et restait comme paralysée, incapable de bouger pendant de longues minutes, le regard dans le vide, avant de pouvoir reprendre son chemin. À la Coogee Women's Pool, où elle nageait, il lui arrivait de s'arrêter au milieu du bassin, le regard perdu pendant un moment avant de poursuivre ses longueurs... Reidun sentait que les images des membres de sa famille et de la Norvège tentaient de refaire surface, de s'immiscer et d'anéantir son bonheur. Empêtrée dans son désarroi et ses mensonges, elle n'arrivait pas à en parler à René, mais celui-ci s'aperçut vite que quelque chose n'allait pas, surprenant régulièrement Reidun, le regard au loin, au moment du dîner, la fourchette en l'air incapable de terminer son assiette. Inquiet, Reidun étant incapable de lui expliquer les raisons de son mal-être, il appela un médecin qui se trouva lui aussi dans l'impossibilité de poser un diagnostic précis. René emmena alors chaque jour Reidun au *Kookaburra Cafe* manger du *carrot cake* accompagné d'une coupe de champagne afin de la divertir et lui rendre sa joie de vivre... Il l'accompagna également à la Coogee Women's Pool, où il la regardait faire inlassablement des longueurs de bassin sans se fatiguer. Amoureux et impuissant face au vague à l'âme de Reidun, il tentait de l'aider comme il pouvait...

Ce fut chez *David Jones* que Reidun eut un déclic : le grand magasin organisait, en collaboration avec le magazine de mode *Women's Weekly* son premier « défilé de mode français », pour lequel quatre mannequins français avaient fait le voyage. L'élégante éditrice de mode du magazine, Mary Hordern, avait sélectionné à Paris cent vingt ensembles totalement accessoirisés, qui captaient tous l'essence du style hexagonal tout en étant parfaitement adaptés à la vie et au climat australien. Son choix s'était porté sur des créations de Jean Patou, Pierre Balmain et Edouard Molyneux. Le défilé se tenait dans le grand restaurant de *David Jones*. René y accompagna Reidun et la vit, à chaque passage des mannequins, s'illuminer et s'extasier sur des ensembles qui, elle le pressentait, allaient la mettre en valeur et la ravir. À chaque passage d'une mannequin sur le podium, l'esprit de Reidun s'apaisait, ses pensées sombres s'éloignaient. La beauté des tenues effaçait la noirceur de ses idées. De fait, ils firent ensuite l'acquisition de plusieurs ensembles avec leurs accessoires : chaussures, bijoux et turbans ou chapeaux inclus. Sa mélancolie était passée. La mode avait permis à Reidun de ne pas se laisser emporter par ses souvenirs norvégiens et René était heureux de la voir s'apaiser même s'il ne savait pas quelles avaient été les raisons de cet épisode mélancolique.

Le défilé eut lieu à la fin du printemps à Sydney et, pour se protéger du soleil pendant ses promenades quotidiennes, Reidun porta désormais un chapeau de paille souple, qui ne l'empêcha pas d'avoir toute l'année un joli hâle.

À la fin du mois d'octobre, ils furent invités à déjeuner chez les Pellier, qui habitaient une vaste demeure familiale à Mosman. Françoise Pellier était une femme très croyante, impliquée dans la paroisse de Mosman, et active au niveau des associations de bienfaisance de la ville. René et elle avaient beau être cousins, ils ne se connaissaient que très peu. Le père de Françoise travaillait lui aussi dans la laine et avait émigré en Australie alors que Françoise n'était qu'une petite fille. Lorsqu'en 1927, René était parti pour la première fois à Sydney, Aline lui avait parlé de cette branche des Dutriez qui avait émigré sur le nouveau continent. René avait alors rencontré les parents de Françoise, ainsi que Françoise et ses frères et sœurs, mais timide et réservé, il ne s'était pas manifesté lors de ses voyages suivants, jusqu'au jour où, par hasard, en salle des ventes, il avait réalisé que Marcel, qu'il considérait comme un jeune collègue, allait épouser sa cousine ! De nature aimable et chaleureuse, celle-ci mit tout en œuvre, ce midi-là, pour que Reidun passe un bon moment chez elle, tout au plus s'étonna-t-elle ce soir-là auprès de son époux du goût très prononcé que la jeune femme avait pour le champagne. Marcel avait lui aussi beaucoup apprécié cette belle femme, élégante et enjouée, qui détonnait un peu au bras de René, très calme et un peu introverti.

Le 9 novembre 1946, René et Reidun se marièrent civilement à Sydney par une belle journée d'été. Pour l'occasion, René s'était acheté un beau costume noir qu'il portait avec une chemise blanche et un nœud papillon. Reidun s'était fait faire sur mesure une robe de mariée par Beril Jents, largement inspirée de robes de Christian Dior, de couleur crème, incrustée de perles sur la jupe et brodée à la main au niveau du décolleté. Elle avait des manches courtes pour mieux supporter la chaleur. Cathy et Jack ainsi que Marcel et Françoise Pellier assistèrent à la cérémonie civile avant que tous aillent déjeuner au *Prince's*. L'atmosphère fut joyeuse. Pas une seule fois, depuis le défilé de mode chez *David Jones*, Reidun n'avait eu d'accès de mélancolie et ce jour-là, absolument resplendissante, elle affichait un visage épanoui et heureux.

Le jeune couple emménagea ensuite sur Bogota Avenue début décembre sous un ciel bleu azur. L'entrée extérieure de la maison était en pierre, entourée d'herbe de part et d'autre. Une porte en bois clair ouvrait sur une large entrée comportant un grand vestiaire. Le couloir du vestibule menait à un bureau qu'allait occuper René. Au bout du couloir, deux portes s'ouvraient sur une vaste salle à manger disposant de baies vitrées d'où l'on pouvait apercevoir au loin la baie de Sydney. Une belle cuisine moderne avec les aménagements dernier cri se trouvait à droite de la salle à manger. De là, on pouvait accéder à une véranda dont les escaliers conduisaient au jardin. Une pièce garde-manger, dont la fenêtre ouvrait sur le jardin en contrebas, était attenante à la cuisine. En sortant dans le couloir, à gauche de la cuisine, Reidun découvrit une chambre de belle taille avec une petite salle de douche et des toilettes. En montant au premier étage, le palier distribuait trois chambres et une salle de bains carrelée avec les toilettes séparées. Reidun décida que René et elle dormiraient dans la chambre qui avait une terrasse de laquelle on avait une vue imprenable sur le jardin et, plus loin, sur toute la baie. La demeure correspondait en tout point aux rêves de Reidun : grande, lumineuse et ouverte sur la nature. Elle ne cessait de s'émerveiller et allait de découverte en découverte. En effet, seul René, juste avant la vente aux enchères, avait visité la maison, qui lui avait immédiatement plu. Son point fort était le jardin, avec une grande pelouse au centre, que Reidun était en train de découvrir : plusieurs palmiers, arbres et buissons l'entouraient de chaque côté, ainsi que des frangipaniers, des eucalyptus, des gommiers rouges et des *Banksia integrifolia*. Des hibiscus, plantés entre des buissons, formaient un ensemble cohérent et coloré. Le tout donnait sur l'océan et la baie de Sydney, et Reidun ne se lassait pas de cette vue époustouflante... La jeune femme eut immédiatement la certitude que ce jardin allait la rendre heureuse et qu'elle allait y passer de longs et merveilleux moments.

— René, viens voir, il y a déjà une multitude de fleurs qui ont éclos, viens sentir leur parfum ! Oh, je sens que je vais me plaire ici ! cria la jeune femme à son époux qui la regardait attendri de la terrasse du premier.

Une fois qu'ils furent installés, René passa beaucoup de temps à aménager son bureau, car il comptait de temps en temps travailler à la maison. Pendant ce temps, Reidun descendait à la piscine ou arpentait le jardin pour prendre soin des arbustes, fleurs, massifs et buissons. En effet, à part les pelouses que Ben, un jeune aborigène d'une vingtaine d'années, venait tondre chaque semaine, Reidun prenait plaisir à entretenir elle-même son jardin. Elle veillait à ce que chaque plante et végétal se porte bien en leur adressant à chacun un petit mot, certaine que ses bonnes ondes leur étaient favorables. Elle alla même un après-midi interrompre le travail des jardiniers au Royal Botanic Garden afin d'être conseillée sur le soin et l'entretien à apporter à chacune des variétés de fleurs, arbres et plantes qui se trouvaient chez elle. Surpris par le culot de cette belle jeune femme, ils eurent très vite à cœur de l'aider et de la conseiller le mieux possible.

Afin d'enrichir encore ses connaissances, Reidun se rendit aussi à la bibliothèque de Sydney pour consulter des encyclopédies botaniques et satisfaire ainsi sa curiosité. Elle se sentait profondément sereine et heureuse, pieds nus dans son jardin, allongée sur une chaise longue à l'ombre d'un eucalyptus ou sur la terrasse du premier étage. Elle effectuait aussi chaque jour une longue balade. Sa préférée était celle de Bondi Beach. Elle traversait le Bondi Park et son sentier de promenade longeant une salle de bal, un auditorium et des restaurants avant de parcourir la plage pieds nus jusqu'au Bondi Icebergs Club et le club amateur de natation pour femmes. Elle n'assistait plus aux cours de natation, ayant acquis la maîtrise nécessaire pour pouvoir nager seule où elle le souhaitait, mais elle continuait à aller chez Cathy boire le thé et discuter avec elle de jardinage ; Reidun était impressionnée de l'étendue de ses connaissances et questionnait régulièrement son amie en échange de conseils sur la natation.

La jeune femme aimait aussi se promener du côté de Manly. Elle s'y rendait en ferry, puis longeait à pied le sentier du port, un lieu chargé en histoire. Elle prenait plaisir à passer devant le club de bateaux, d'aviron et de voile ouvert en 1875, comme devant les anciens bains réservés aux hommes, inaugurés en 1892. Elle marchait de longues heures sur Little Manly Beach et Collins Beach, et ces longues marches l'apaisaient en la ressourçant.

Dans le courant de ce mois de novembre 1946, John Northcott, gouverneur de la Nouvelle Galle du Sud, organisa une *garden-party* dans sa résidence de Sydney, l'Admiralty House, maison de l'amirauté. Située dans la banlieue de Kirribili, sur la rive nord de la baie de Sydney. C'était une maison gracieuse à deux étages avec de larges vérandas à colonnades, ouvrant sur de belles pelouses descendant jusqu'à l'océan. René et Reidun furent invités à cette fête, et Reidun en fut extrêmement heureuse. Depuis leur déménagement à Cremorne Point, le bruit, l'animation et la vie sociale trépidante de Kings Cross lui manquaient souvent. Certes, ils allaient souvent dîner au *Prince's*, mais cela n'avait rien à voir avec la profusion de restaurants et d'animations de Kings Cross qu'elle avait particulièrement aimés. Cette réception l'enchantait : ils allaient avoir l'occasion de faire de nouvelles connaissances, et Reidun y voyait aussi une belle occasion pour s'acheter une robe et être ainsi à la hauteur de l'évènement. Ce fut une fois de plus à Beril Jents qu'elle confia le soin de dessiner et coudre sa robe. Beril opta pour une robe à bretelles dont la jupe longue, ceinturée à la taille, était en organdi rose pâle brodé de fleurs délicates. Le bustier de la robe était plissé et brodé de paillettes. Reidun porta sa robe avec les cheveux détachés et ondulés, coiffés sous un large chapeau pour se protéger du soleil. À leur arrivée à Admiralty House, les hommes présents se retournaient tous sur le passage de Reidun, alors que les femmes admiraient avec envie sa ligne élancée, sa prestance naturelle et l'élégance de sa robe. Rapidement présentée au gouverneur Northcott, elle profita de ce que son mari ait retrouvé Marcel Pellier pour se promener dans les jardins de la propriété, où un orchestre jouait sur une estrade. Attirée par la musique et charmée par le lieu et sa vue directe sur l'océan, Reidun s'approcha et vit sur le côté une jolie jeune femme, qui devait avoir à peu près son âge, qui se balançait au rythme de la musique avec grâce.

CHAPITRE 11

Robyn Foley s'ennuyait prodigieusement à cette fête, où elle avait accompagné son mari Tim, banquier à la Bank of New South Wales. Après avoir été présentée par celui-ci à plusieurs de ses collègues, puis avoir mangé plusieurs petits fours et avalé une ou deux coupes de champagne, elle s'était isolée près de l'orchestre, bercée par la musique, indifférente aux autres invités évoluant aux alentours. Elle fut donc surprise lorsque Reidun, qui s'était faufilée à ses côtés, se présenta à elle et engagea la conversation.

— Magnifique jardin n'est-ce pas ? Moi qui pensais avoir un superbe jardin et bien entretenu, je ne peux pas rivaliser avec celui-ci !

Séduite au premier coup d'œil par cette belle femme sûre d'elle et avenante, Robyn questionna Reidun sur l'endroit où elle habitait et surtout, où elle avait trouvé une robe aussi élégante qu'unique et comment elle faisait pour garder une ligne aussi belle. Les deux femmes parlèrent quelques heures, totalement captivées l'une par l'autre et par la facilité avec laquelle les sujets de discussion s'enchaînaient. René, qui cherchait sa femme depuis un moment, la trouva en grande conversation avec cette jolie femme blonde, un peu moins grande qu'elle. Arrivé à leur hauteur, René observa Robyn qui avait de grands yeux verts et une bouche aussi gourmande que celle de Reidun. Il se fit la réflexion qu'elles formaient un beau duo féminin. L'une blonde, l'autre châtain, toutes deux minces et dotées de jolies courbes féminines...

Apercevant son mari, Reidun s'empressa de lui présenter

Robyn, qui apprécia en un clin d'œil le bel homme élégant et bien bâti. Ils remontèrent ensemble vers la maison, René un bras passé autour de la taille de sa femme, Robyn les suivant de près.

Robyn et Tim Foley habitaient du côté de Manly et avaient une Chevrolet Fleetmaster, dans laquelle ils ramenèrent René et Reidun chez eux ce soir-là, non sans avoir admiré le coucher du soleil du bout du jardin de l'Admiralty House, là où un chemin privé permettait de descendre directement sur les rochers et l'océan. Reidun leur proposa de prendre un souper léger ensemble. Elle savait pouvoir compter sur son mari pour préparer rapidement une salade qu'il ne manquerait pas de composer avec beaucoup d'art. Les deux couples passèrent une excellente soirée, René et Tim apprenant à faire connaissance alors que leurs femmes continuaient une discussion qu'elles avaient commencée quelques heures plus tôt.

À compter de ce jour, Reidun et Robyn se virent chaque semaine. Reidun l'initia à la natation. Convaincue que c'était là son secret pour avoir une ligne parfaite, Robyn voulut apprendre à nager et fit vite de grands progrès. Les deux couples se recevaient également une fois par semaine chez l'un ou chez l'autre. Malgré leur différence d'âge, Tim appréciait René pour son écoute bienveillante, la finesse de son jugement et sa droiture d'esprit. René, de son côté, aimait l'optimisme et la joie de vivre constante de Tim, qui prenait beaucoup de plaisir à profiter de la vie en compagnie des Dutriez. Chaque soirée était arrosée de champagne pour ces dames et de bons whiskys pour les hommes. Reidun initia aussi Robyn à la mode. Tout commença un après-midi chez les Dutriez. Reidun ouvrit la porte de son dressing, la chambre du rez-de-chaussée qu'elle avait fait sienne pour entreposer ses tenues ainsi que ses accessoires. Devant cette profusion de tenues chic ou plus décontractées, mais toujours de grande qualité et impeccablement rangées, Robyn réalisa qu'à côté de son amie, ses vêtements faisaient pâle figure... Elle n'avait certes pas les mêmes moyens que Reidun mais grâce à elle, Robyn apprit à se mettre en valeur et à tirer parti de son point fort, un joli fessier ferme et rebondi, alors que Reidun, elle, avait des jambes longues et fines, ainsi qu'une taille très mince. Les deux jeunes femmes partaient souvent faire les magasins afin de rhabiller Robyn, et Reidun eut la joie, avec l'approbation de son mari, d'offrir à son amie deux belles tenues de Beril Jents dans lesquelles elle était époustouflante.

À l'approche de Noël, les températures devinrent caniculaires et Reidun, qui d'habitude supportait très bien la chaleur, se sentait dolente et nauséeuse. Elle marchait moins vite et moins longtemps lors de ses balades et même si, chaque matin, elle descendait faire des longueurs à la McCallum Pool, elle ne réussissait plus à en faire autant qu'avant. L'endroit où elle se sentait le mieux était dans le jardin, à l'ombre d'un palmier, allongée sur une chaise longue avec une carafe de citronnade à portée de main, à écouter le chant des cassicans flûteurs, des loriquets et des kookaburras.

Très vite, Reidun réalisa qu'elle était enceinte et ceci la plongea dans un grand désespoir. À l'annonce de sa future paternité, René, lui, fut fou de joie et rêva d'un fils à qui il allait apprendre le métier d'acheteur de laine. Son bonheur fut rapidement terni lorsqu'il comprit que cette grossesse était mal vécue par sa femme. Il pensa naïvement que la tristesse de Reidun était liée à son état, aussi, comme lors de sa première crise de mélancolie, il mit tout en œuvre pour la divertir en l'emmenant faire ses balades préférées à Bondi et Manly, en incitant Robyn à venir plus fréquemment chez eux et enfin en lui achetant à la bijouterie Jarett de Sydney une magnifique bague en or jaune composée d'un diamant central entouré de diamants roses, comme une fleur.

Reidun se sentait douloureusement triste, n'avait plus de plaisir à nager ou marcher et se lever chaque matin lui demandait un effort important. Elle s'estimait responsable de ressentir tout au long de la journée des émotions négatives et n'arrivait pas à en parler à son mari. Elle apaisa sa tristesse en passant d'une coupe de champagne par jour à cinq et, quand les premières semaines de nausées furent passées, à nager avec encore plus d'ardeur, en y mettant une colère et une rage qu'elle seule comprenait.

– Que dirais-tu de faire venir tes parents à Sydney afin qu'ils puissent vivre ta grossesse et que tu puisses partager cette expérience avec ta maman ? René, désireux de rendre sa femme heureuse et impuissant face à cet épisode mélancolique, posa la question à Reidun un soir où ils se mettaient au lit.

– Je ne pense pas que ce soit une bonne idée, ils ne peuvent pas laisser tomber leur vie parce que je suis enceinte ; papa a son travail de pêcheur et maman ne s'habituera pas au climat ici ; je leur écrirai pour leur annoncer la naissance et leur donner de mes nouvelles dans quelques mois. La réponse était sans appel et René n'insista pas. L'idée qu'Hartvig et Hansine viennent à Sydney fut abandonnée et la jeune femme soulagée réussit à vivre sa grossesse plus sereinement. René et elle s'aimaient, elle et elle avait conscience de la vie privilégiée et heureuse qu'elle avait la chance de mener.

Quelques mois après Reidun, Robyn tomba elle aussi enceinte. La nouvelle enchantait les deux amies, qui espéraient élever leurs enfants ensemble. Cependant, rapidement, Robyn perdit son bébé et ressentit un profond abattement. Malgré sa grossesse, Reidun allait souvent voir son amie, comme celle-ci l'avait fait pour elle lorsque Reidun déprimait. Selon elle, le remède miracle à tout chagrin était le champagne, ce qui n'était pas l'avis de Robyn, qui préférait pleurer et parler avec elle en se lamentant sur sa perte...

Inquiet de voir sa femme enceinte faire de nombreux trajets en ferry et à pied pour se rendre à Manly, René décida de lui acheter une voiture. Reidun allait désormais se rendre chez son amie au volant d'une Chevrolet couleur crème, ce qui, de son propre aveu, était bien plus pratique, même si elle continua après sa grossesse à préférer le ferry et la marche à la voiture.

Durant ces neuf mois, Reidun fut incapable de créer un lien avec son enfant à naître. Elle savait qu'il était là, elle le sentait bouger, mais elle ne ressentait rien. De constater que sa silhouette se modifiait la désolait. Elle dut se résoudre à abandonner ses pantalons larges à taille haute pour des robes qui, selon elle, ne la mettaient pas du tout en valeur. Pour René, c'était tout le contraire ; il était fier que sa femme porte son enfant, il espérait un fils, un héritier et trouvait sa femme très jolie avec son ventre bien rond, mais elle refusait qu'il le touche.

CHAPITRE 12

Le 21 août 1947, à l'aube, Reidun ressentit les premières contractions. René appela la sage-femme, Irène, qui avait suivi toute la grossesse et avec laquelle il avait convenu qu'elle assisterait sa femme durant l'accouchement chez eux… Elle mit au monde une petite fille de 3,4 kg en fin de matinée. Alors que René s'extasiait sur la perfection de ce nouveau-né et ne se lassait pas de compter chaque orteil et chaque doigt, Reidun refusait obstinément de voir sa fille et qu'on la lui pose sur la poitrine afin de l'allaiter. Elle s'y opposait tellement farouchement qu'Irène suggéra d'aller chercher du lait maternisé, ce que René accepta aussitôt en voyant que sa fille hurlait déjà de faim et s'agitait devant l'indifférence la plus totale de sa maman, dont le cœur semblait s'être fermé à l'inverse de celui de son mari.

Une fois lavé et changé, il était temps de lui trouver un prénom à ce bébé ! Pendant toute la grossesse de Reidun, le sujet avait été quelquefois abordé. René souhaitant un garçon, il avait suggéré Émile-René, qui associait son prénom à celui de son père, assurant ainsi une succession par le patronyme. Une fille était née, il décida donc de l'appeler Renée Aline, en féminisant son propre prénom, auquel il associa celui de sa mère. Reidun, elle, n'avait pas d'avis. Elle cherchait seulement à tenir ses pensées sombres à distance, qui, elle le sentait, tentaient de s'immiscer, et tomba d'accord avec son mari.

La naissance de Renée coïncida avec une période où son père avait moins de travail. C'était l'hiver en Australie, la saison creuse d'achat de la laine, aussi était-il plus disponible, même s'il lisait beaucoup les journaux et se rendait régulièrement en salle des ventes pour rester informé. Outre le *Sydney Morning Herald*, René lisait chaque semaine *Le Courrier Australien*, journal bilingue dont la première publication remontait à 1892. Chose rare pour l'époque, René passait beaucoup de temps à s'occuper de sa fille ; il y était un peu contraint au vu du peu d'attention que sa femme accordait à leur bébé dans les semaines qui suivirent sa naissance. Reidun ne s'y intéressait que de loin. René ne pouvait voir la guerre interne qu'elle livrait avec ses idées noires qu'elle tentait de tenir à distance. Alors que toute son énergie était mobilisée par ce conflit avec sa conscience, Reidun se reposait sur son mari la majeure partie du temps. Elle put donc, ce faisant, se remettre doucement de son accouchement en reprenant peu à peu ses balades et en nageant quelques longueurs en douceur chaque matin. Des visites régulières de Robyn, à nouveau enceinte, lui firent aussi du bien. Ses promenades, combinées à la nage et aux bons repas concoctés par René permirent à Reidun de perdre très vite ses kilos pris pendant la grossesse, et elle fut ravie de pouvoir remettre rapidement ses pantalons larges et ses jolies robes.

C'est à cette époque que Reidun instaura un petit rituel ; à chacune de ses balades, elle ramassait des coquillages sur la plage et cueillait des fleurs sauvages qu'elle disposait une fois chez elle dans des coupelles en porcelaine ou en verre. La jeune femme qui disposait déjà de solides connaissances en fleurs sauvages, se renseigna sur les multiples variétés de coquillages trouvés sur les plages de Sydney afin d'accroître ses connaissances. Elle prit plaisir ensuite à offrir ses coupelles à ses amies et à les placer chez elle. Un après-midi où René lisait dans son bureau, il entendit sa fille hurler à pleins poumons et grimpa au premier étage. En entrant dans la chambre du bébé, il vit que Reidun était penchée au-dessus du berceau avec dans les yeux un mélange de curiosité et de colère, ou était-ce de la haine ? Il resta figé sur place pendant quelques secondes avant de s'empresser de prendre sa fille dans ses bras et de la bercer jusqu'à ce qu'elle se rendorme. Après cet épisode, il décida d'embaucher une nourrice, qui allait seconder Reidun et veiller à ce que sa fille ne manque de rien. Grâce à Irène, la sage-femme, il rencontra Mia, une de ses amies d'école, ravie de travailler pour René et Reidun. Au départ, Mia arrivait le matin après que René soit parti au centre de Sydney, mais, très vite, elle sut se rendre indispensable et fut embauchée à temps plein afin de s'occuper du bébé, des courses et du ménage : cette embauche était une aubaine pour Reidun. La responsabilité de s'occuper de Renée toute la journée lui pesait.

Chaque matin, elle entendait Mia arriver, tandis que René se mettait en route. Pendant que Mia nourrissait, lavait et changeait Renée, Reidun en profitait pour se rendormir avant de filer à la McCallum Pool. Rentrée chez elle, après son bain, elle prenait un solide petit-déjeuner et, selon le temps et son humeur, décidait soit de partir se promener plusieurs heures ou de passer son après-midi chez Robyn qui en partie alitée pour sa grossesse. Quand elle partait se balader, Reidun se préparait un sandwich qu'elle emportait avec une flasque remplie de champagne. Elle pensait alors à la chance qu'elle avait de vivre à Sydney auprès d'un mari aimant et soucieux de son bonheur. Elle ne se laissait jamais aller à penser à ses parents ou à la Norvège de peur d'ouvrir la porte à la mélancolie. La maîtrise totale de ses pensées lui demandait beaucoup d'énergie, qu'elle puisait dans ses excursions pédestres, son jardin et la natation.

À partir de 1947, la compagnie aérienne Quantas

inaugura l'historique Route Kangourou, qui reliait Sydney à Londres en quatre jours et cinquante-cinq heures. Dorénavant, René effectua tous ses voyages vers la France en avion.

En octobre 1947, eut lieu un nouveau défilé des « extravagances de la mode française » chez *David Jones*. Reidun et Robyn s'y rendirent ensemble, pendant que Mia gardait Renée à la maison. Parfaitement remise de son accouchement, Reidun s'acheta plusieurs imitations parfaites des tenues françaises cousues par la grande couturière australienne Germaine Rocher. Robyn, enceinte, prit plaisir à assister à l'évènement et profita de la joie contagieuse de son amie, qui, de retour à Bogota Avenue, lui offrit plusieurs des robes Germaine Rocher qu'elle avait mises pendant sa grossesse, à défaut de pouvoir rentrer dans ses pantalons. Les deux femmes s'entendaient à merveille et prenaient beaucoup de plaisir en compagnie l'une de l'autre.

Un après-midi, Mia réalisa qu'il n'y avait plus assez de lait pour le prochain biberon de Renée. Exceptionnellement, Reidun était rentrée tôt de sa promenade et se trouvait à la maison. René avait déconseillé à Mia de laisser Renée seule avec Reidun, mais Mia décida que c'était une urgence.

— Je me dépêche d'aller à l'épicerie acheter du lait pour Renée et je reviens vite, cria Mia à Reidun, qui était dans sa chambre à l'étage. Ne vous inquiétez pas, la petite dort, je serai revenue avant son réveil, ajouta-t-elle.

Or, peu de temps après son départ, Reidun entendit de petits bruits provenant de la chambre voisine. Intriguée, elle entra dans la pièce. Ils venaient du berceau. Elle s'approcha et se pencha en avant pour se trouver face à deux billes bleues qui la scrutaient du regard. Les mêmes yeux que ceux d'Hansine et de Bjarne. Le bébé regarda sa mère et lui sourit ; ce sourire que Reidun n'attendait pas la prit au dépourvu et toucha quelque chose en elle tout en la déstabilisant…

En rentrant dans la maison, Mia posa le lait dans la cuisine et monta au premier étage pour s'assurer que Renée ne réclamait pas son biberon. Dans la chambre de la petite, Mia découvrit Reidun assise dans le *rocking-chair* avec son bébé dans les bras. Elle lui chantait des berceuses dans une langue qu'elle ne connaissait pas, mais qui semblaient avoir un effet apaisant. Reidun donna pour une fois son biberon à sa fille, ce que Mia relata à René avec empressement le soir ! Le chemin serait encore long, mais elle était persuadée que l'instinct maternel de Reidun allait se réveiller, il lui fallait seulement du temps et de la patience. Ce face-à-face suivi de cet élan de tendresse déboussola légèrement Reidun qui ne s'était jamais jusqu'ici attendrie comme son mari devant Renée.

À compter de cet après-midi-là, Reidun accepta volontiers de s'occuper davantage de Renée si cela n'entravait pas ses désirs. Ceci impliquait que Mia soit extrêmement présente chez les Dutriez. Il n'était d'ailleurs pas rare qu'elle dorme dans la chambre de Renée, un matelas fin installé par terre, les soirs où il était trop tard pour qu'elle fasse la route à pied jusque chez elle.

Cathy vint rendre visite à Reidun afin de la féliciter de la naissance de Renée. Reidun fut ravie de voir son amie et l'emmena dans le jardin en laissant à Mia la charge de s'occuper de sa fille.

— Comme ton jardin est beau et bien entretenu admira Cathy.

— J'avoue que depuis la naissance de Renée j'ai laissé à Ben le soin de jardiner mais je compte bien m'en occuper davantage maintenant que Mia est là. Comme d'habitude, Reidun déambula pieds nus et prit le temps de respirer l'arôme de ses fleurs tout en écoutant Cathy lui donner des nouvelles du Bondi Icebergs Club.

CHAPITRE 13

Certaines nuits, René était réveillé par Reidun, qui, en proie à des cauchemars, criait des noms qu'il ne connaissait pas, tels que « Mari Irenée » ou « Piotr ». Lorsqu'il lui en faisait part le lendemain, Reidun s'enfermait dans le mutisme et, il l'avait remarqué, buvait plus de champagne que d'ordinaire. La journée, Reidun avait acquis des réflexes qui lui permettaient de se blinder face à toute tentative d'intrusion de la Norvège, la nuit, en revanche, son inconscient se vengeait... Elle était terrifiée à l'idée de parler la nuit et ne voulait pas ternir son bonheur. Aussi évitait-elle la plupart du temps de parler de son pays alors même que René la pressait de questions.

— Ce sont juste des cauchemars sans importance, le rassurait Reidun, ne t'inquiète pas. De ce que tu me rapportes, je prononce à haute voix les prénoms de personnes sans importance que j'ai connues à Namsos. Il n'y a aucune raison que j'en fasse des cauchemars...

Renée, elle, grandissait sereinement sous le regard bienveillant de son père et la curiosité de sa mère qui, quand elle la regardait intensément, cherchait des ressemblances avec ses frères et sœurs... Lorsque Renée eut six mois, sa maman eut un nouvel accès de désespoir qui inquiéta beaucoup René. Le médecin de famille, M. Giles lui prescrivit des méthamphétamines, que Reidun avalait invariablement avec une longue lampée de champagne. Même si René avait compris que ces crises de mélancolie étaient passagères, il se mobilisa une fois de plus pour emmener sa femme se promener à Bondi, au Royal National

Park ou à Manly et l'accompagner à la piscine McCallum. Une fois de plus, il tentait par tous les moyens de la divertir. Son vœu le plus cher était d'aider sa femme, il se sentait tellement impuissant et démuni.

— Parle-moi ma chérie, s'il te plaît, dis-moi quelles pensées te torturent à ce point ! Quelles qu'elles soient, je serai là, à tes côtés, je t'aiderai toujours.

Il souffrait de voir sa femme se déconnecter de la réalité et s'enfoncer dans le marasme de ses émotions, qui la détruisaient et la fragilisaient, mais Reidun résistait et ne baissait pas les armes. Au plus René lui posait de questions, au plus Reidun se sentait impuissante face au flot de pensées sombres qui l'assaillaient ; affaiblie et épuisée par plusieurs nuits sans sommeil, elle luttait la journée contre des maux de tête et des crises de larmes qu'elle ne maîtrisait pas… Ce flot de réminiscences la plongeait encore plus dans le désarroi.

Robyn fut alors très présente. Malgré une grossesse difficile, son mari, Tim, la déposait régulièrement le matin avant de se rendre à son bureau afin qu'elle passe la journée à changer les idées de son amie et à lui remonter le moral. Quand il revenait le soir chercher sa femme, il n'était pas rare que tous deux restent dîner avec René et Reidun qui, ces soirs-là, buvait plus que de raison…

Reidun arrêta d'elle-même les méthamphétamines, qui, selon elle, la rendaient folle ; elle avait cru à plusieurs reprises apercevoir Bjarne sur la plage de Manly et ses parents à bord du ferry reliant cremorne à Circular Quay. Et, de fait, elle commença à se sentir mieux après avoir décidé de ne plus les prendre. De temps en temps, elle rêvait de la Norvège, de ses parents et de ses frères et sœurs. Elle les voyait vivants, à Sydney, et se réveillait alors en sursaut, paniquée et aux aguets, avant de réaliser qu'ils ne savaient pas où la trouver. À la suite de ces rêves, elle se levait à l'aube et ressentait une immense colère, mêlée à un sentiment qu'elle n'arrivait pas à nommer mais qu'elle parvenait à dompter en nageant et en marchant plus que d'habitude pour se sentir mieux, ou du moins être capable de reprendre sa vie là où ses souvenirs étaient cachés et en sommeil au fond de son cœur. Reidun enrageait contre eux et l'emprise qu'ils avaient toujours sur elle. Elle s'inquiétait beaucoup de ce qu'elle pouvait dévoiler à René en dormant. L'automne 1947 fut marqué par la naissance d'Andrew, le fils de Robyn et Tim. Après une grossesse difficile, Robyn eut un accouchement rapide et facile, pour son plus grand bonheur. La maternité de son amie réjouit Reidun qui, une fois les premières semaines épuisantes passées, organisa ce qu'elle appela des « journées bébés » : Reidun, Renée et Mia partaient alors à bord de la Chevrolet et s'installaient pour la journée chez Robyn. Mia avait pour mission de s'occuper d'Andrew et Renée, pendant que les deux jeunes mamans allaient nager à la piscine d'eau de mer McIver Women's Baths. À leur retour, elles grignotaient des sandwiches, Reidun sirotait du champagne, Robyn, de l'eau. Celle-ci commençait d'ailleurs à s'inquiéter de la consommation excessive de son amie. En effet, il n'était pas rare que dès le petit-déjeuner, Reidun boive une coupe pour accompagner ses fruits frais et son pain, alors même que lorsqu'elle partait nager ou se promener, sa flasque bien remplie l'accompagnait et que, le soir, pendant que René préparait le dîner, elle l'aidait, encore une coupe à la main.

Lorsqu'un jour Robyn osa lui en parler, Reidun lui expliqua sur un ton charmeur que le champagne la rendait heureuse et qu'une journée sans cette boisson la rendait triste et mélancolique... Robyn n'aborda plus le sujet, et Reidun continua de boire... Les deux jeunes femmes passaient leur temps à nager et à discuter ; elles pouvaient confronter pendant des heures leur point de vue sur l'amour et les hommes. Reidun soutenait que l'on pouvait connaître plusieurs fois l'amour dans sa vie. Robyn, elle, était convaincue qu'on ne pouvait aimer véritablement qu'une seule fois et qu'on avait qu'un seul homme dans sa vie.

Ces « journées bébés » se terminaient le soir lorsque Tim rentrait chez lui et que Reidun réalisait qu'il était l'heure pour elle, Renée et Mia de rentrer. Robyn récupéra vite de son accouchement, même si, à la différence de son amie, elle mit plus de temps à retrouver sa ligne d'avant grossesse. Et elle avait de la chance : Andrew était un bébé serein, qui fit rapidement ses nuits et qui mangeait bien.

Vers la fin de l'automne 1947, René devait se rendre en France pour ses affaires. Il souhaitait également qu'Aline, sa mère, fasse connaissance avec sa femme et sa fille, aussi fit-il le voyage retour vers Sydney avec elle.

La relation entre Reidun et Aline fut d'emblée difficile. D'une part, Aline parlait très peu et mal anglais, et Reidun ne parlait pas du tout français. D'autre part, pour la visite de sa belle-mère, Reidun dut rapatrier dans sa chambre une partie de ses vêtements afin d'installer un lit dans la chambre du rez-de-chaussée pour Aline. Celle-ci supporta difficilement le climat de Sydney. C'était le tout début de l'hiver, mais elle trouvait qu'il faisait beaucoup trop chaud. Néanmoins, elle fut heureuse de faire connaissance avec sa petite-fille, tout en se lamentant de constater que sa belle-fille quittait le foyer quasiment tous les jours afin de nager, marcher ou se rendre chez une amie, alors qu'elle estimait que sa place était chez elle, à s'occuper de sa fille. Ce n'était tout de même pas à son fils ou à Mia de préparer les repas et de veiller sur Renée ! Quand, par ailleurs, elle vit la quantité impressionnante de vêtements et d'accessoires dans la chambre qu'elle occupait, Aline estima que celle-ci dépensait inutilement tout l'argent que gagnait René, sans savoir que Reidun avait déménagé la plus grosse partie de sa garde-robe dans sa propre chambre ! Ce qui chagrinait le plus Aline, au fond, c'était qu'elle devait bien s'avouer que son fils avait l'air très heureux bien qu'il ait épousé une femme dépensière, buveuse de champagne et trop séductrice à ses yeux. En réalité, Reidun se savait jolie, mais séduisait souvent bien malgré elle. Lorsqu'elle se promenait, elle sentait les regards des hommes sur elle, alors qu'elle était plus souvent en pantalon large qu'en robe, mais elle avait décidé de s'en moquer et ne changea rien à ses tenues !

Aline ne resta qu'une quinzaine de jours, qui parurent une éternité à Reidun. Elle fut ravie de voir sa belle-mère reprendre l'avion et, avec elle, ses remarques désobligeantes.

Cet hiver-là, Renée fit ses premiers pas. Un après-midi, alors que Reidun s'apprêtait à se rendre dans le jardin, elle souleva Renée et décida de l'emmener afin que la petite découvre ce royaume qu'elle aimait tant. Arrivée sur l'herbe, elle la déposa et inspecta la bonne santé de chaque arbuste et buisson, pendant que Renée arpentait à quatre pattes le jardin, mangeant par ci, par là un brin d'herbe ou deux.

— Vous pensez que mes parents et Bjarne pensent encore à moi ? lança Reidun à ses fleurs. Ou se peut-il qu'ils m'aient oubliée ? Non, je ne veux pas penser à ça ! Mais, vous savez, je suis convaincue que Bjarne aimerait vivre ici. Oui, oui, il faut absolument qu'il vienne me voir, je vais en parler à René !

Reidun était absorbée dans ses pensées lorsqu'elle sentit sa fille, qui avait pris appui sur elle pour se relever. Elle la prit alors dans ses bras et lui expliqua l'importance des soins à apporter aux hibiscus comme aux frangipaniers, puis, dans un élan, elle se mit à chanter des berceuses norvégiennes en faisant le tour du jardin avec elle.

Ces instants d'amour étaient rares... Elle-même s'étonnait parfois de son peu d'instinct maternel comparé à Cathy ou Robyn. À son arrivée à Sydney, elle avait décidé de vivre sa vie comme elle l'entendait et la naissance de sa fille n'avait rien changé. Elle avait viscéralement besoin de marcher, nager, se ressourcer dans la nature et découvrir cette ville qui continuait de la surprendre et de l'enchanter. Au prix d'un petit arrangement avec sa conscience, Reidun était intimement persuadée d'être une bonne mère.

Durant cet hiver 1947, Reidun et Robyn organisèrent de nombreuses « journées bébés » et, pour leur plaisir, elles les prolongèrent par des dîners avec Tim et René. C'est lui qui, généralement, prenait possession de la cuisine de ses hôtes pour concocter un bon repas avec ce qu'il y trouvait. Son imagination et son talent faisaient le reste... Ses spécialités étaient les tourtes à la viande et à l'avocat ou la tourte au crabe, qu'il accompagnait d'une salade agrémentée de mangue ou de papaye, selon la saison.

Une profonde et sincère amitié liait désormais les deux femmes ; Robyn appréciait l'énergie de Reidun grâce à qui elle avait appris à nager et à apprécier la beauté de la flore et de la nature au cours de leurs nombreuses balades. Reidun aimait avoir une amie qui la suivait dans ses activités et sur qui elle pouvait compter. Les deux femmes n'abordaient que rarement le sujet de la maternité et évitaient en général d'aborder tout sujet pouvant les fâcher.

. Au début du printemps 1948, René rentra en France pour quelques semaines, après s'être assuré auprès de Mia qu'elle serait présente chaque jour afin de veiller sur Renée selon l'emploi du temps de sa femme. René respectait le tempérament de Reidun et son besoin d'occuper ses journées dehors, plutôt que de rester enfermée chez eux à la maison avec leur fille. Il s'était résigné à ce qu'elle n'ait pas un instinct et un amour maternel très développés et se contentait de voir que même sans effusions, Reidun s'en occupait et pouvait même, de manière spontanée et inattendue, avoir une manifestation d'amour subite envers sa fille. Ces instants volés l'émouvaient et le surprenaient. Aline elle-même n'avait pas été très maternante et il s'était malgré tout senti aimé et en sécurité toute son enfance. Le bonheur de sa femme et le bien-être de sa fille étaient sa priorité et René était décidé à tout mettre en oeuvre pour réussir.

CHAPITRE 14

Tandis que son mari était en France, Reidun passa beaucoup de temps avec Robyn et Cathy et retourna souvent se promener dans son ancien quartier de Kings Cross manger un bon *carrot cake* accompagné d'une coupe. Elle était heureuse de retrouver des connaissances et ne manquait jamais de faire un détour par l'atelier de Beril Jents. C'est là qu'elle fit la connaissance de Samuel Jones, venu acheter une robe de soirée pour sa femme. Celui-ci était en train de décrire physiquement son épouse afin d'aider Beril à définir la bonne taille, lorsque Reidun entra dans l'atelier boutique. D'abord subjugué, Samuel dit :

— Voilà, mon épouse est aussi grande que cette femme, mais n'est pas aussi fine, cela vous aide-t-il à trouver quelle robe lui irait ?

Reidun rit à cette remarque et entama la discussion avec lui. Cet homme l'amusait. Comment pouvait-il aller de lui-même dans un atelier acheter une robe pour sa femme sans connaître sa taille ? Surpris et flatté, Samuel prit plaisir à discuter avec Reidun qui, une fois les présentations faites, lui expliqua la raison de sa présence dans le quartier ; elle l'aida même à choisir la robe pour son épouse. Samuel proposa alors à Reidun d'aller boire un thé avec lui ; elle accepta et l'emmena au *Kookaburra Cafe*, où elle lui avoua ne pas beaucoup aimer le thé.

— Mais je prendrais volontiers un morceau de *carrot cake* accompagné de champagne ! déclara-t-elle.

Samuel était un diplomate anglais, il était amusé et séduit par la personnalité de Reidun, qui de son côté, avait toujours un faible pour les hommes ayant de la prestance et de la conversation. Elle l'invita donc spontanément à se balader avec elle le lendemain du côté du Royal Botanic Garden. Samuel accepta, n'ayant jamais pensé à y aller, alors qu'il était né à Sydney. Ce jour-là, un air printanier soufflait sur Sydney. Reidun avait enfilé un beau pantalon bleu marine avec une blouse blanche, elle portait, comme à son habitude, son chapeau de paille sous lequel son visage était au naturel, sans maquillage. Samuel appréciait l'élégance et la simplicité de sa compagne de promenade qui, tout en marchant, lui expliquait tour à tour le type de floraison des arbustes, buissons ou arbres qu'ils croisaient. Reidun lui expliqua à quel point la nature était importante pour elle, dans sa vie, non sans lui avouer qu'elle s'était, à de nombreuses reprises, rendue à la bibliothèque pour en savoir davantage sur la flore de Sydney.

Les jours suivants, Reidun et Samuel se retrouvèrent, soit pour flâner en bord de mer ou dans la nature, soit pour déjeuner ensemble au restaurant et discuter ; Samuel, de son métier et de sa passion pour les chevaux, et Reidun de la nature et de sa passion pour la mode. C'est tout naturellement que les deux devinrent amants à L'*Australia Hotel*, où René et Reidun étaient descendus à leur arrivée en Australie. Ils se voyaient selon le désir de Reidun, qui souhaitait être maîtresse de cette relation, comme elle l'était toujours de sa vie. Aussi, lorsque René rentra en France, il trouva sa femme épanouie et heureuse de le retrouver. Elle l'était d'autant plus qu'il lui ramenait, comme à chaque voyage, une pile de magazines de mode français ainsi que de la très belle lingerie en soie et en crêpe de Chine, que tous deux aimaient particulièrement. À son retour, René fut aussi agréablement surpris par l'intensité du désir qu'éprouvait Reidun à son égard. Son aventure avec Samuel ne l'empêchait pas d'être très heureuse et épanouie avec son mari.

De France, René avait aussi ramené pour sa fille une poupée avec une belle chevelure blonde, qui lui plut beaucoup. L'été 1948 était très chaud à Sydney et Reidun allait jusqu'à deux fois par jour à la McCallum Pool, où elle emmenait même Renée afin de l'initier aux joies de l'eau. La petite fille prenait tellement de plaisir à se baigner pour le plus grand bonheur de sa maman ! Ils fêtèrent Noël avec Robyn et Tim. René revisita la dinde à sa façon, de sorte qu'elle fut allégée à cause des températures caniculaires de la saison. Ils se délectèrent au dessert d'une pavlova, un gâteau typiquement australien aux fruits à base de meringue avec une croûte croustillante, et couvert de crème fouettée. Avec le *carrot cake*, la pavlova était le dessert préféré de Reidun, surtout l'été où la saison permettait qu'il soit garni d'ananas, de fruits de la passion, de mangue, de fraises, et de kiwi, ses fruits préférés.

Pour célébrer la nouvelle année, les deux couples allèrent faire la fête du côté de Kings Cross, où des spectacles et des fêtes étaient organisés dans les cafés et restaurants proches de là où ils avaient habité.

CHAPITRE 15

L'été et ses températures caniculaires cédèrent doucement la place à l'automne et à un climat plus doux. Ses couleurs ne cessaient de subjuguer Reidun. En effet, les teintes de la flore de Sydney étaient fascinantes en cette saison : les feuilles de jacarandas jaunissaient avant de tomber, les hibiscus avaient une floraison automnale donnant de délicates fleurs roses. Les frangipaniers, eux, dont Reidun adorait les fleurs, fleurissaient de l'été à l'automne. Elle pouvait donc en profiter encore pleinement en ce mois de mars 1948.

C'est à l'automne 1948 que René et Reidun décidèrent de partir une semaine dans les Blue Mountains, une région montagneuse à une centaine de kilomètres de Sydney. Ils louaient une suite à *Jenolan Caves House*. Ce complexe hôtelier historique de quatre étages avait été construit dans un style de la Renaissance anglaise, avec de grandes fenêtres baies vitrées et, dans la salle à manger, de hauts plafonds décorés, des colonnes et d'immenses fenêtres.

Ce séjour permit à Reidun de découvrir la montagne australienne, qu'elle ne connaissait pas encore. Les Blue Mountains se paraient de lueurs rouge et or en cette saison ; les feuilles des séquoias et des érables créaient des paysages automnaux aux couleurs véritablement magiques.

Ils ne se lassèrent pas, lors de ce séjour, d'arpenter les nombreux sentiers pédestres, s'arrêtant en pleine forêt pour manger hâtivement un sandwich : du sentier *6 foot track* de quarante-cinq kilomètres, à la piste McKeowns, chaque jour ils découvraient de nouvelles balades et admiraient ensemble les paysages magnifiques qu'offrait la région. La découverte du Blue Lake Jenolan fut un grand moment de bonheur pour Reidun : son bleu lagon bordé de palmiers lui permettait, faute de pouvoir nager, de se ressourcer. De là débutait un sentier de promenade d'environ trois kilomètres, comprenant de courtes pentes abruptes, des rochers et des pentes douces entourés d'érables, de sycomores et de buissons. Ce séjour idyllique permit au couple de se retrouver en tête à tête et de renforcer son sentiment amoureux.

Mais au bout de quelques jours, ne pas boire de champagne manqua à Reidun. Au-delà de son pétillant délicieux et de ses fines bulles qui lui chatouillaient le palais, Reidun aimait la douce sensation euphorisante qu'elle ressentait en buvant. Aussi quand, un soir, René commanda un verre de whisky, elle y goûta et après la première grimace de surprise, elle apprécia ensuite le goût fumé et tourbé qu'il lui laissait en bouche. Pendant leur séjour d'une semaine, elle se mit donc, faute de champagne, à boire du whisky tous les soirs, se moquant des regards désapprobateurs des autres clients de l'établissement. René et elle rentrèrent à Sydney heureux de leur séjour, de leur intimité renforcée. Elle, pressée de reprendre la natation et le champagne, et lui, de retourner en salle des ventes.

À l'automne 1948, tous deux formaient un couple heureux, qui s'épanouissait grâce aux nombreuses promenades qu'ils effectuaient dans la nature, à une bonne entente et un grand respect l'un envers l'autre.

Mais au début de l'hiver, qui débute en juin en Australie, Reidun tomba malade et la grippe l'obligea à garder le lit pendant plusieurs jours. Cet état de faiblesse physique la frustrait et la minait au plus haut point. Passant outre les recommandations de M. Giles, leur médecin, de rester au lit pendant plusieurs jours, elle s'emmitoufla dans plusieurs épaisseurs de couvertures pour aller au fond de son jardin admirer le coucher du soleil s'étirant sur la baie de Sydney dans un dégradé de rouge, de rose et d'orange. Chaque fois qu'elle s'y rendait, Reidun était toujours pieds nus. Elle aimait le contact de l'herbe sous ses pieds et l'énergie venue du sol... Cependant, ses sorties prématurées retardèrent son rétablissement et elle se sentit fatiguée pendant plusieurs semaines. C'est naturellement vers le champagne qu'elle se tourna afin de surmonter cette baisse de régime, mais c'était sans compter sur son état psychologique affaibli par la maladie... Et une de ses crises de mélancolie succéda alors à la grippe. Par un matin du mois de juillet, René comprit qu'après avoir été malade, sa femme était à nouveau en proie à une période de dépression. Renée gazouillait et tentait d'attirer l'attention de sa mère, en appelant « Mummy, Mummy », mais sa mère avait le regard désespérément absent, tourné vers la baie vitrée, insensible au besoin que sa fille avait d'être câlinée et prise dans les bras.

René ignorait que le 16 juillet était l'anniversaire de Hansine et qu'en ce jour, le souvenir de sa présence et de son amour maternel avait réussi à se faufiler au fond du cœur de sa femme. Reidun s'était réveillée ce matin-là avec une douleur dans la poitrine et mal à la tête. En cherchant la raison, l'image de Hansine lui était apparue et, avec elle, celle de Hartvig, de Bjarne et de sa vie passée... Jamais la jeune femme ne connut un épisode mélancolique aussi profond et aussi long, et pour cause. En ce matin de juillet 1948, la crise invoquait tous ses plus beaux souvenirs d'enfance. Reidun, femme, maman, fille et épouse de vingt-neuf ans pleurait ses proches restés en Norvège, qu'elle n'avait pas vus depuis deux ans. René lui suggéra dans un premier temps qu'il était temps pour elle de rendre visite à sa famille à Namsos mais Reidun refusa sous prétexte que Renée était trop jeune. Il lui conseilla alors de prendre les méthamphétamines déjà prescrites une fois, mais elle refusa catégoriquement. Elle sortait à peine d'une grippe qui l'avait épuisée et empêchée de faire ce qu'elle aimait. Elle ne voulait pas reprendre ces médicaments qu'elle soupçonnait de la rendre folle. Elle tenta donc de se soigner avec la combinaison de ce qui lui avait toujours réussi : les discussions avec Robyn ou Cathy, des balades de l'aube au crépuscule, des séances d'apaisement allongée dans son jardin, de la nage pendant des heures jusqu'à l'épuisement, le tout noyé dans des flots de champagne... Mais rien n'y faisait. Reidun s'enlisait dans la dépression et, pour aller mieux, renoua même un temps avec Samuel, sans succès...

CHAPITRE 16

Reidun dut une fois de plus son salut à la mode : David Jones organisait un défilé du créateur Christian Dior avec son style « New Look » d'après-guerre. Pour la troisième année consécutive, le grand magasin organisait la présentation des « extravagances de la mode française » à Sydney. Avec ce défilé du 31 juillet 1948, c'était la première fois que les créations Dior étaient montrées hors de Paris et Reidun fut subjuguée : le grand couturier avait révolutionné la mode en créant une silhouette à la féminité débridée. Il avait imaginé ses tenues féminines comme des fleurs avec des épaules arrondies, la poitrine soulignée, et une taille cintrée, une jupe large découvrant les jambes d'une trentaine de centimètres. Ce défilé réveilla Reidun de sa mélancolie, comme la fois précédente : à croire qu'il avait le même effet qu'un antidépresseur ! Elle en sortit libérée de ses souvenirs, repartis dans leur cachette tout au fond de son cœur et de sa conscience. Elle reprit dès lors sa vie comme elle l'entendait…

Au début du printemps, René dut voyager en France. Il en profita pour passer du temps avec sa mère. Pendant son absence, Reidun trompait son ennui avec Robyn, enceinte de son deuxième enfant, et avait renoué avec Samuel, trop heureux de profiter de leurs balades dans la nature et de son lit. Reidun prit des risques en le faisant venir à Bogota Avenue, plutôt que de le voir à l'hôtel. Elle lui fit visiter des endroits de Sydney qu'il ne connaissait pas et, ensemble, ils passèrent beaucoup de temps à écouter les chansons de Frank Sinatra et Bing Crosby.

René rentra comme à chaque fois ses valises remplies de cadeaux pour Reidun et sa fille. Il souhaitait ardemment que sa femme l'accompagne un jour en France, mais respectait ses refus à cause de la barrière de la langue. En réalité, le fait de ne pas parler français n'effrayait pas du tout Reidun. Elle avait suffisamment confiance en elle pour être certaine de s'en sortir. Ce qui la freinait surtout c'était de se retrouver à Tourcoing, alors qu'elle ne désirait aller qu'à Paris. Elle en avait déjà parlé à René, qui lui avait promis qu'un jour prochain ils iraient, et ne feraient alors qu'un petit détour par Tourcoing... En attendant, c'était à Sydney que leur amour grandissait, entre Cremorne Point, Bondi et Manly.

Reidun décida à cette époque de rendre visite à Cathy, qu'elle avait un peu délaissée. Elle prit donc sa voiture et se rendit à Bondi Beach, et elle en profita pour se promener le long de la plage avant d'aller à la rencontre de son amie. Elle la trouva inquiète et triste :

— Je pense que Jack me trompe; quand il rentre du bureau, il sent un parfum de femme qui n'est pas le mien et, en faisant la lessive hier j'ai trouvé une tache de rouge à lèvres sur son col de chemise; que ferais-tu à ma place? Surprise de cette confidence, Reidun réfléchit avant de lui répondre - Je le suivrais pour être certaine que mes soupçons soient fondés et, si c'est le cas, je le tromperai aussi!

— C'est facile à dire pour toi ma chérie, tout le monde n'a pas ton physique, je pense plutôt qu'il est temps que je sois à nouveau enceinte; un deuxième enfant consolidera notre mariage déclara Cathy à haute voix. Cet après-midi-là, Reidun prit une nouvelle fois conscience de sa chance et fut touchée de voir son amie si tourmentée... Elle félicita aussi son amie qui continuait à nager au sein du club de natation amateur pour dames de Bondi, et lui proposa de venir nager avec elle un après-midi à la McCallum Pool pendant que Mia garderait les enfants. Cathy ne demandait pas mieux que de sortir de chez elle et de déléguer son rôle de maman, malheureusement elle n'avait pas de voiture, et prendre le ferry avec un enfant en bas âge était bien trop compliqué…

— Je viendrai vous chercher, ne t'inquiète de rien ! déclara Reidun à Cathy, heureuse de sa proposition.

Comme avec Robyn, Reidun prenait soin de ses amitiés féminines. Le jour où elle retrouva Cathy, Mia eut double travail : entre Trevor, le fils aîné de Cathy, et Renée, qui avaient l'âge de courir partout, elle s'affaira dans tous les sens et ne s'arrêta pas une minute. Depuis qu'elle travaillait pour les Dutriez, Mia s'était pliée à leurs exigences et à leur mode de vie qu'elle jugeait parfois farfelus : filer acheter du champagne au beau milieu de la matinée, elle l'avait fait à plusieurs reprises, s'occuper de Renée une semaine entière pendant qu'ils étaient partis aux Blue Mountains, elle l'avait aussi accepté.

Mia avait une formation d'infirmière, mais elle était bien mieux payée à travailler pour René et Reidun qu'à l'hôpital, aussi lorsque Irène lui avait parlé d'eux, elle n'avait pas hésité. Même si elle avait été embauchée au départ pour ne s'occuper que de Renée, son poste s'était un peu élargi à un rôle de gouvernante. Et elle s'était attachée peu à peu à Renée, pour laquelle elle était comme une deuxième maman. À vingt-deux ans, elle était déjà mariée à Peter, ouvrier sur le Finger Wharf : ce quai, situé dans le quartier de Woolloomooloo, gérait principalement l'exportation de la laine, ce qui amusait Mia, sachant que René achetait la laine dont les balles étaient ensuite comprimées par des bouchons hydrauliques actionnés par Peter et ses collègues avant d'être montées à bord de navires les acheminant en Europe.

Mia et Peter vivaient dans ce quartier, l'un des plus vieux de Sydney, situé à l'est du centre-ville. Chaque jour, sauf le dimanche, elle faisait le trajet à pied, soit un peu plus d'une heure trente de route. Elle passait ainsi devant le Royal Botanic Gardens, au-dessus du Harbour Bridge, et traversait Kurraba Point avant d'arriver chez les Dutriez. Courageuse, elle se levait à l'aube afin d'être présente un peu avant le réveil de Renée qui, comme sa maman, était une grosse dormeuse. La plus grande hantise de Mia était de tomber enceinte et de ne plus pouvoir travailler, aussi Peter et elle faisaient très attention. Ils avaient vraiment besoin de son salaire pour vivre.

Suite à cet après-midi à la McCallum Pool où Reidun et Cathy nagèrent ensemble et restèrent allongées sur les rochers au-dessus de la piscine, les deux jeunes femmes prirent plaisir à se revoir régulièrement. Soit Reidun allait à Bondi où elles passaient l'après-midi à nager et à discuter sur la plage, soit elles flânaient des heures à la McCallum Pool. Ensemble, les deux femmes aimaient parler de jardinage, ayant toutes les deux une passion pour les fleurs ; elles se conseillaient et s'extasiaient sur leur jardin mutuel. Il leur arrivait même de jardiner ensemble chez l'une ou l'autre, surtout au moment de la sieste des enfants.

Reidun s'épanouissait pleinement entre son rôle d'amie auprès de Robyn et Cathy, son rôle d'épouse auprès de René et, dans une moindre mesure, son rôle de mère auprès de Renée.

La fillette, quant à elle, grandissait à son rythme, entre un père aimant mais souvent absent pour son travail et une mère psychologiquement fragile, incapable d'assumer totalement son rôle et ne manifestant que très peu d'amour maternel. Elle s'était beaucoup attachée à Mia, qui lui donnait toute l'affection dont elle avait besoin sans compter. La réelle connivence entre Renée et Mia inquiétait un peu René, et agaçait parfois Reidun, mais celle-ci avait trop besoin de Mia pour continuer à vivre sans contraintes. Elle fit, une fois de plus, un petit arrangement avec sa conscience afin que le lien fort entre sa fille et Mia ne la dérange pas trop.

Le printemps était la saison préférée de Reidun, celle où la nature se réveillait et avec elle, son jardin qui fleurissait à nouveau et distillait de délicieuses odeurs de fleurs et de résine d'arbre qui l'apaisaient. C'est à ses fleurs de frangipaniers et d'hibiscus qu'elle parlait de la Norvège et de ses parents. La nature la réconfortait et, elle l'avait désormais compris, agissait comme un médicament lors de ces périodes de dépression : allongée sur l'herbe, Reidun prenait de profondes inspirations pour sentir et identifier l'odeur de chaque fleur tout en gardant les yeux fermés. Elle s'ancrait alors dans le sol afin d'y puiser de l'énergie et un apaisement alors que ses pensées sombres envahissaient son esprit et tentaient de la consumer.

Comme chaque fin d'année désormais, René et Reidun passèrent Noël et le nouvel an 1948 avec Robyn et Tim : Robyn vivait une deuxième grossesse plus tranquille que celle d'Andrew, et, même si les deux grossesses étaient très rapprochées, son état lui permettait de venir chaque jour nager avec Reidun à la McCallum Pool. Elles déjeunaient de sandwiches au *corned-beef*, accompagnés d'une salade que Reidun préparait en imitant René. Elle y ajoutait des herbes aromatiques du jardin et même, selon la saison, des fleurs. Elles grignotaient sur la terrasse du premier étage, à l'ombre, avec du champagne pour Reidun, Robyn s'autorisant à peine une coupe. Elles parlaient alors de maquillage, de mode, de cinéma... et riaient beaucoup. Reidun avait tenté d'initier son amie à ses séances d'apaisement dans la nature mais Robyn n'y avait pas été réceptive et s'était très vite mise à la chatouiller pour la distraire. Reidun, pour qui ces séances étaient essentielles préféra par la suite les effectuer seule.

Renée avait presque dix-huit mois et parlait de mieux en mieux. Elle enrichissait chaque jour son vocabulaire, pour la plus grande fierté de son père ! Reidun décida qu'il était indispensable que sa fille apprenne à nager. Elle emmena donc sa petite fille à la McCallum Pool, où elle comprit vite qu'il fallait qu'elle ait pied afin de bien commencer.

Mère et filles allèrent donc à Bondi Beach cet été-là pour que Renée puisse acquérir les premières bases de la natation. Et à la fin de l'été, la petite ne nageait pas encore seule, mais elle avait suffisamment confiance en elle pour effectuer quelques mouvements de brasse sous l'eau et, de la plage, se jeter dans les vagues les deux bras en avant. Outre la natation, Reidun initia également sa fille à la marche dans la nature en lui faisant faire le tour de Cremorne Point. La fillette se fatiguait vite, mais n'avait pas d'autre choix que de suivre sa maman qui était durement déterminée à ce qu'elle suive son rythme.

René et Mia ne voyaient pas d'un bon œil ces balades qu'imposait Reidun à une enfant si jeune, mais ils ne pouvaient rien face à son obstination. Elle ne réalisait pas son niveau d'exigence. Selon elle, il était plus important de savoir bien nager et marcher que de parler ou lire. Elle avait décidé de transmettre ses passions à sa fille et ne s'embarrassait pas de savoir ce que l'on était en mesure d'attendre de la part d'une enfant de son âge. René, de son côté, tentait comme il le pouvait de contrebalancer les exigences maternelles.

Outre la natation et la marche, la jeune maman s'attacha à éveiller sa fille à la nature en l'initiant à ses séances de lien avec le jardin. Ravie que sa maman s'occupe d'elle, Renée s'allongeait volontiers dans l'herbe et imitant

Reidun, prenait de profondes inspirations le visage tourné vers le soleil, les mains à plat dans l'herbe. Même si la petite était trop jeune pour en comprendre le sens, ces instants partagés avec sa maman étaient des moments de grâce dans leur relation mère-fille.

En février 1949, Robyn accoucha avec un mois d'avance d'une petite fille que Tim et elle prénommèrent Rosemary, mais qu'on surnomma vite Rose. Rose ressemblait beaucoup à sa maman, alors que son frère Andrew était le portrait craché de Tim.

Pendant que Robyn se remettait de sa grossesse et de son accouchement, Reidun partait par monts et par vaux, allait rendre visite à Cathy, à nouveau enceinte, nageait ou se baladait seule ou avec René. Elle continuait à ramasser de beaux coquillages et à cueillir des fleurs sauvages qu'elle disposait dans des coupelles. Quand elle était chez elle, Reidun était dans son jardin à jardiner ou à profiter selon la saison des floraisons et de la sérénité que cet espace lui apportait ; s'allonger dans l'herbe et parler à ses fleurs était indispensable à son bien-être. C'est elle qui, vers la fin de l'automne incita Robyn à reprendre doucement la natation avec elle et à se promener un peu chaque jour. Or, à l'époque, Robyn allaitait toujours la petite Rose.

Prompte à faire plaisir à son amie et aussi désireuse de retrouver sa ligne, elle reprit des activités physiques en compagnie de Reidun. Elles alternaient leurs visites en toute simplicité. Reidun allait jusqu'à Manly avec Renée et Mia et, la fois suivante, Robyn et ses deux enfants, faisaient le trajet en voiture jusqu'à Cremorne Point. Dans les deux cas, Mia s'occupait des trois enfants entre deux tétées, pendant que les mamans s'amusaient, marchaient ou discutaient en toute intimité, soit dans la chambre de Reidun, soit à la McCallum Pool ou sur la terrasse du premier étage.

– Ces journées me font un bien fou ! Quel bonheur de pouvoir se retrouver pour discuter entre nous ! confia Reidun à Robyn.

– Oh oui, comme cela m'a manqué tous ces derniers mois ! J'adore être maman mais passer du temps avec toi est aussi indispensable !

Le 27 mai de cette même année eut lieu à l'*Hôtel Australia* le défilé de la première collection de « prêt-à-porter » Dior adaptée pour les femmes du monde entier, et accessible aux clientes de la classe moyenne.

Les deux amies y assistèrent après avoir déjeuné au *Prince's*, devenu le restaurant de Sydney où les femmes qui y déjeunaient étaient souvent photographiées avant d'apparaître ensuite dans la rubrique mondaine des journaux. Ce jour-là, Reidun portait un tailleur-pantalon large et une veste assortie de couleur rose pâle qui mettaient en valeur son teint hâlé et soulignaient ses longues jambes. Comme à chaque fois qu'elle s'y rendait, elle fut prise en photo à de multiples reprises, sans que cela ne l'étonne. Robyn et elle mangèrent un délicieux poisson grillé avant de rejoindre leur place dans le salon mauresque de l'hôtel. Après le défilé, elles allèrent boire une coupe de champagne au bar, puis rejoignirent Mia et les enfants restés à Bogota Avenue.

CHAPITRE 17

En juin, on célébrait les quarante-trois ans de René. Reidun organisa un dîner au *Prince's*, où étaient invités les Foley ainsi que les Pellier, et Cathy avec son mari Jack, qui semblait heureux d'être bientôt papa pour la deuxième fois... René aurait autant aimé fêter son anniversaire en famille, mais sa femme aimait beaucoup recevoir et sortir, aussi s'était-il plié, pour lui faire plaisir, à son désir de célébrer son anniversaire au restaurant. Mia resta dormir chez eux pour garder Renée, pendant que sa maman brillait en société et que son papa soufflait ses bougies, et recevait une bouteille de whisky, un livre relié sur les aborigènes d'Australie de Bill Harney ainsi qu'un bel étui à cigarettes.

Pendant tout l'hiver 1949, Robyn et Reidun allèrent nager à la North Sydney Olympic Pool : elles aimaient cette piscine d'eau douce, elles qui chaque jour ou presque, le reste de l'année, profitaient des piscines d'eau de mer. Elle était située à trois kilomètres de chez Reidun, ce qui leur permettait de combiner marche et natation : Robyn venait en voiture jusqu'à Bogota Avenue avec ses enfants, et Mia s'occupait de toute la tribu.

Début août, Reidun fêta ses trente ans et Renée souffla peu après ses deux bougies. Dans le courant du mois, Reidun se mit à boire de plus en plus de champagne et se montrait pensive, absente par moments, toute proche d'une nouvelle dépression, et pour cause ! Elle avait réalisé un matin, quelques semaines avant son anniversaire, que cela faisait trois ans qu'elle était arrivée en Australie. Cette pensée fit monter brièvement en elle un flot de souvenirs et de sentiments qui la bouleversèrent... Puis très vite, dans ses multiples petits arrangements avec sa conscience, elle décida que si elle était restée à Sydney plutôt que de repartir à bord du *M. V. Tai Yin* ce n'était pas de sa faute mais celle de René qui lui avait demandé de rester en Australie, et dont elle était tombée amoureuse... Elle était d'ailleurs persuadée qu'elle retournerait un jour prochain à Namsos rendre visite à sa famille avant de retourner chez elle, à Sydney.

La saison des défilés de mode étant passée, c'est un autre événement qui lui permit de ne pas se laisser submerger par son passé tout en la maintenant dans une forme d'incapacité à faire face à la réalité de sa vie. La loi sur la nationalité, entrée en vigueur en 1949, lui procurait la nationalité australienne. Cette nouvelle réjouit Reidun et renforça sa décision de rester, qui lui paraissait juste : elle qui pourtant aimait la Norvège, son climat, ses fjords et sa famille, était tombée totalement sous le charme de Sydney, au point qu'elle était incapable de partir. Or, retourner dans son pays natal l'aurait obligée à faire face à ses choix. L'obtention de la nationalité était donc à ses yeux une forme d'accréditation de sa décision de vivre en Australie.

René avait de son côté, à plusieurs reprises, questionné sa femme :

— Cela fait maintenant trois ans que nous sommes à Sydney ma chérie, ta famille doit te manquer... Et ils n'ont jamais vu Renée... Voudrais-tu que nous fassions le voyage tous les trois jusqu'à Namsos ou que tu invites tes parents à séjourner chez nous ? Ils seraient sûrement ravis de voir où tu vis !

Reidun refusait systématiquement, d'un ton sans appel. Il était hors de question d'aller en Norvège et encore moins de faire venir sa famille !

— Je suis très heureuse à Sydney, ma vie est ici désormais.

Retourner là-bas n'est pas une bonne idée. Peut-être quand Renée sera plus grande… Et maintenant, je ne veux plus en parler !

Même si, comme à l'accoutumée, René respectait ses choix, il ressentait néanmoins de la tristesse pour sa femme et sa fille et se demandait même, au vu de la véhémence de Reidun, s'il ne s'était pas passé quelque chose en Norvège qu'elle voulait fuir. Le printemps et la renaissance de la nature permirent à Reidun d'évacuer de son esprit ses pensées mélancoliques et de verrouiller très profondément ses souvenirs norvégiens.

Cathy mit au monde un petit garçon, Trevor. Reidun attendit quelques semaines avant de lui rendre visite pour constater que son amie, qui, en plus d'être épuisée, était toujours en proie aux mêmes doutes concernant Jack.

— Laisse-lui un peu de temps, lui conseilla Reidun. Il semblait tellement heureux et fier à l'anniversaire de René, tout va bientôt rentrer dans l'ordre, j'en suis sûre !

Éreintée par plusieurs nuits sans sommeil avec un nouveau-né et son aîné qui la sollicitait constamment, Cathy souhaitait ardemment que son amie ait raison mais n'était pas prête physiquement et émotionnellement à passer des après-midi entiers avec elle.

Reidun ne s'en formalisa pas et la rassura. Elle avait conscience de la chance immense qu'elle avait de pouvoir compter sur Mia et d'avoir pu à la naissance de Renée, compter sur son mari, ce que Cathy ne pouvait pas faire.

CHAPITRE 18

En fin d'année, Reidun fut prise de nausées et ressentit une extrême fatigue l'obligeant à ralentir son rythme et à rester plus souvent chez elle. La présence de sa mère à la maison enchantait Renée, toujours en quête d'amour, même si elle avait déjà bien compris que pour cela, elle devait plutôt s'adresser à son père ou à Mia.

La jeune femme vécut mal le début de cette deuxième grossesse en raison d'un état de fatigue intense qu'elle n'avait pas ressenti pour Renée. Cette grande lassitude s'estompa au cours du second trimestre et, dès le mois de mars, elle repartit progressivement marcher et nager en compagnie de Robyn, Cathy ou seule, selon la disponibilité de ses amies. Cathy, remise de son accouchement, restait très fatiguée avec deux enfants en bas âge mais la présence de Reidun égayait son quotidien. À ce stade de sa grossesse, Reidun passait surtout des heures dans le jardin, allongée dans l'herbe en quête de sérénité et d'énergie, à parler à ses fleurs et à la nature en général. Elle se lamentait auprès de ses fleurs comme de ses amies, des modifications de son corps l'obligeant à se ménager.

– Je suis énorme, une vraie baleine, je me sens moche et grosse… Je ne peux plus faire tout ce que j'aime normalement sans être épuisée : vivement que j'accouche ! leur confiait-elle.

À sept mois de grossesse, Reidun ralentit encore plus son rythme, les modifications de son corps l'obligeant à se ménager.

La jeune femme passa plus de temps à Bogota Avenue et

s'amusait à observer Renée qui faisait le clown pour attirer son attention. La jeune maman retrouvait dans sa fille les mimiques de sa sœur Kitty de deux ans son aînée. Elle dévisageait sa fille et son cœur s'envolait vers la Norvège pour quelques instants.

Elle aimait également se rendre à la piscine, soit pour y faire quelques longueurs sans forcer, soit pour s'asseoir sur le banc situé plus haut, duquel elle pouvait admirer la baie de Sydney. Là, elle observait les allers et retours des ferrys, s'émerveillait des oiseaux alentour et des rares promeneurs en ce début d'hiver. Durant cette deuxième grossesse, elle allait régulièrement au *Kookaburra Cafe* pour satisfaire son envie de *carrot cake*, qu'elle dégustait toujours avec une coupe de champagne. Elle reprenait ainsi ses marques dans ce quartier qu'elle aimait tant et rendait visite à Beril Jents aussi bien qu'au gérant de l'épicerie, à côté de là où René et elle avaient habité.

Pour la seconde fois, Reidun ne noua pas de lien avec son enfant à naître, insensible aux coups de pied et à ses hoquets. Aussi lorsque le 9 août 1950, au crépuscule d'une journée d'hiver ensoleillée, elle mit au monde un beau garçon de 3,6 kg, elle ne chercha ni à le câliner, ni à l'admirer. Quand il fallut mettre le petit au sein afin de le nourrir, Reidun refusa tout net. Irène, la sage-femme déjà présente pour la naissance de Renée, ne s'en offusqua pas et demanda à Mia d'aller acheter du lait maternisé. René, lui, se sentait ce jour-là, l'homme le plus chanceux et le plus heureux de Sydney. Il avait un fils ! Le couple décida d'appeler le nouveau-né Paul Émile, qui fut vite surnommé Paulo.

Reidun, quelques jours après sa naissance, connut un nouvel épisode de mélancolie profonde. Elle était en proie à de nombreuses crises de larmes, des vertiges et de nombreux maux de tête. Les semaines qui suivirent son accouchement, elle tenta d'esquiver cette réalité en se noyant dans le champagne et dans le sommeil. Les mêmes souvenirs douloureux refaisaient surface, comme inscrits dans sa chair et son esprit quoi qu'elle fasse pour y échapper. Heureusement, Mia était présente la journée pour veiller sur Renée et Paulo. Les nuits, René n'avait d'autre choix que de se lever pour s'occuper de son fils. Il réveillait alors Reidun, dont le sommeil n'était pas du tout perturbé par les pleurs de faim de son bébé, puis, très vite, René se résolut à faire appel à une sage-femme nommée Eileen, qui venait chaque nuit. Mais au bout de quelques jours, Eileen s'inquiéta de la situation familiale des Dutriez : elle ne comprenait pas que Reidun s'intéresse aussi peu à ses enfants et passe son temps dans son lit à dormir ou à boire...

Elle s'en ouvrit à Mia, qui lui dit :

— Ça a toujours été comme ça, je suis là depuis la naissance de la petite, il y a deux ans, et Madame était déjà comme ça. Je suis sûre qu'elle les aime, mais à sa façon, sans trop leur montrer, comme si elle avait peur ou se méfiait de quelque chose. À chaque fois que je l'ai vue se rapprocher de Renée, ça ne durait pas longtemps, très vite elle y mettait fin...

Mia lui affirma qu'il ne fallait pas s'inquiéter, René et Reidun fonctionnaient ainsi : lui, en père aimant et à l'écoute, elle, en femme indépendante, fuyant au maximum les responsabilités maternelles...

Eileen resta le temps que Paulo fasse ses nuits, moment où Reidun commença à aller mieux. Elle avait réussi à dompter ses vieux démons norvégiens en combinant toutes ses activités routinières qui lui permettaient de ne pas se noyer dans ses souvenirs. Elle organisa aussi à nouveau des « journées bébés », comme elle l'avait fait après la naissance d'Andrew. Reidun et Mia débarquaient chez

Robyn le matin avec Renée et Paulo et, pendant que les jeunes femmes partaient nager, Mia gardait les quatre enfants, dont l'âge variait de trois ans à trois mois... Les discussions avec Robyn lui permirent de reprendre pied et de s'ancrer dans la réalité de son statut de mère de deux enfants.

Reidun ne se souciait pas de savoir si la charge de travail était trop importante pour Mia lors des “journées bébé”. Ce fut Robyn qui décida de faire appel aux services de sa voisine afin de lui venir en aide. Wendy était ravie de seconder Mia. Femme au foyer de cinquante-cinq ans, dont les enfants avaient quitté le nid, elle prenait beaucoup de plaisir à s'occuper de jeunes enfants, en particulier de Paulo et Rose pendant que Mia canalisait l'énergie d'Andrew et Renée en organisant pour le premier des parties de cache-cache et pour la deuxième, des jeux autour des blocs d'alphabet.

Peu avant Noël cette année-là, les nausées reprirent. Reidun n'arrivait même plus à boire une coupe de champagne sans avoir des nausées et vomir. Elle ressentait une extrême fatigue, comme un an plus tôt. Reidun était à nouveau enceinte... René fut très heureux de la nouvelle. Lui qui avait été élevé en fils unique après le décès de ses frères et sœurs, était comblé de se retrouver père de trois enfants. La conscience de Reidun, elle, ne la laissait pas en paix. Elle était en proie à un désarroi et à une peur absolue. Elle ne savait pas comment gérer cette grossesse et se sentait d'autant plus démunie qu'elle était incapable de boire du champagne. Elle fit donc face à cette crise comme elle savait le faire depuis son arrivée en Australie ; outre de longues balades, elle nageait avec rage pendant des heures et sollicitait Robyn et Cathy pour la divertir entre deux épisodes de nausées. Elle perdit du poids au début, ce qui inquiéta un temps M. Giles mais, heureusement, le premier trimestre passé, les nausées s'estompèrent, lui permettant de boire à nouveau du champagne et de pouvoir satisfaire une nouvelle envie : manger des *fish and chips* ! Elle se rendait dans un café grec d'Oxford Street, ouvert sept jours sur sept et jusqu'à tard dans la nuit. Il n'était pas rare que Reidun fasse les huit kilomètres de trajet parfois très tard afin d'en trouver. Ses séances dans le jardin furent également au cours de cette grossesse très efficaces et il ne fut pas inhabituel qu'elle les multiplie la journée comme le soir, ce qui l'amena de temps en temps à dormir à la belle étoile…

Elle nagea chaque jour à la McCallum Pool où, de temps en temps, Robyn la rejoignait en ayant pris soin de faire garder Andrew et Rose par Wendy. Ces après-midi-là, Reidun et Robyn parlaient grossesses et accouchements, chacune selon sa propre expérience.

Claudette naquit donc par un bel après-midi de printemps, le 21 septembre 1951. Comme pour sa sœur et son frère, sa maman ne s'extasia pas sur elle et ne souhaita pas l'allaiter. René fit une fois de plus appel à Eileen pour s'occuper du bébé les nuits après sa naissance. Reidun se remit très vite physiquement de l'accouchement, alors que psychologiquement, elle restait fragile et sujette à de fréquentes baisses de moral, des insomnies et des migraines. Mais elle refusa de nouveau les méthamphétamines de son médecin. En plus de ses activités coutumières sur lesquelles elle avait toujours compté pour ne pas perdre pied, elle élargit ses séances de calme et paix dans le jardin à des séances sur la plage ; Reidun s'allongeait sur le sable, fermait les yeux et respirait profondément les odeurs de la mer, du sable et de la peau salée. Ces éléments naturels avaient le même effet apaisant et bénéfique que celles de son jardin… Elle réussit une fois de plus à ne pas sombrer complètement dans cet épisode de dépression récurrente.

Avec trois enfants en bas âge, dont les deux derniers n'avaient que treize mois d'écart et une femme psychologiquement très fragile, René était inquiet et cherchait un remède définitif aux crises de dépression de Reidun. Leur médecin de famille, le docteur Giles n'offrant que les méthamphétamines comme remède, René consulta plusieurs autres médecins de Sydney sans qu'ils puissent l'aider. Il se tourna alors vers des médecins français qu'il consultait lors de ses séjours professionnels en France. Tous lui conseillèrent des séances d'électrochoc pour lesquelles Il aurait fallu faire venir Reidun en France…

Au cours d'un de ses séjours, Il eut une idée qui, même si elle n'enchanta pas Reidun, fut sans appel. Il décida qu'Aline, vieillissant et vivant seule en France, elle serait plus heureuse à Sydney, auprès de sa famille. Il entreprit de la faire venir et lui acheta un petit appartement au 85 Kurraba Road, à Neutral Bay : dix minutes à pied séparaient leur domicile de Bogota Avenue de l'appartement de celle que ses enfants allaient surnommer Granny.

René se rendit en France pour aider sa mère à déménager. À soixante-neuf ans, elle était en bonne santé et mis à part une crainte vis-à-vis du climat chaud de Sydney et des araignées, elle se réjouissait de rejoindre son fils, et comptait bien surveiller les frasques de sa belle-fille. Ayant enterré quatre de ses cinq enfants ainsi que son mari, elle portait en elle une profonde tristesse qui avait certainement déteint sur la personnalité de René. En 1951, elle portait d'ailleurs toujours ses habits de deuil, vêtue principalement de noir ou de gris foncé. Même si elle était heureuse que son fils ait trois enfants, elle avait comme point commun avec Reidun de ne jamais avoir de grandes manifestations d'amour ou d'attachement envers eux. La perte précoce de ses enfants l'avait endurcie et rendue méfiante face aux bonheurs de la vie.

Granny emménagea donc à Neutral Bay au début de l'été, alors que Claudette n'avait que quelques mois et que Reidun s'était remise à nager frénétiquement, à voir ses amies et à se balader de longues heures. Mia était soulagée de voir arriver cette grand-mère qui, elle l'espérait, allait la seconder dans la garde des enfants. Celle-ci découvrit, enchantée, que son appartement était au rez-de-chaussée et que, sur la rue devant son appartement, se dressaient un eucalyptus et un chêne rouge d'Amérique lui procurant de l'ombre aux heures les plus chaudes.

À compter de son installation, Granny passa très régulièrement à Bogota Avenue pour constater que Reidun n'y était que très peu, laissant le soin à Mia de s'occuper des trois enfants... Comme l'espérait Mia, Aline fut d'emblée d'une grande aide. Elle emmenait notamment Renée se promener à Anderson Park, le long des allées bordées de figuiers pleureurs jusqu'à la rive de la baie, où la fillette aurait aimé se mettre pieds nus et tremper ses pieds dans l'eau comme avec Mummy, ce que Granny refusait systématiquement.

À partir de l'année 1952, René augmenta le nombre de ses déplacements. En plus des ventes aux enchères de Sydney, il se rendait désormais également à celles de Brisbane et Melbourne. En raison d'une dizaine de ventes par an dans les deux villes, il était donc souvent absent. Ses voyages étaient motivés par le seul objectif d'acheter de la laine de meilleure qualité.

En contrepartie, il gagnait extrêmement bien sa vie et permettait à sa femme et ses enfants de vivre très confortablement à Bogota Avenue. Reidun profitait de cette aisance en s'achetant des vêtements sans compter, en allant au restaurant et en achetant du champagne. Elle aimait aussi beaucoup aller au cinéma avec ses amies et acheter des disques qu'elles écoutaient ensemble. Elle ne se priva pas, une fois qu'elle eut retrouvé sa ligne d'avant la grossesse, d'emmener Robyn ou Cathy déjeuner au *Prince's* ou chez *Romano's* sur Castlereagh Street, célèbre pour son steak Diane, accompagné de pommes de terre Duchesse. Entre la natation et la marche, Reidun restait toujours mince et pouvait se permettre de manger ce qu'elle voulait sans prendre de poids : des *carrot cake* et des pavlovas en dessert ou au goûter. Rien n'inquiétait sa ligne. Le champagne l'aidait à compenser la solitude ressentie à chaque déplacement de son mari.

Les trois petits Dutriez grandissaient à Cremorne, entre un papa aimant et dévoué quand il était chez lui, et une maman fragile, au mode de vie complètement insouciant. Au centre de ce petit monde se trouvait Mia, et désormais Granny.

CHAPITRE 19

Quand il était à Sydney, René aimait inviter sa mère à dîner et concocter un repas familial autour duquel ils se retrouvaient tous. Granny avait un peu amélioré son anglais, s'était habituée au climat et à sa nouvelle vie, non sans reprocher ouvertement à Reidun de dépenser trop d'argent, de ne pas s'occuper assez de ses enfants et de boire trop...

La belle-fille ne supportait d'ailleurs pas les remarques acerbes de Granny et s'en plaignait fréquemment à son mari, estimant que sa belle-mère n'avait pas de réflexions à lui faire.

– Ta mère est encore venue aujourd'hui et m'a reproché de porter une tenue qu'elle n'avait encore jamais vue ! Je ne vais pas lui demander la permission avant de m'acheter de nouveaux vêtements quand même !

Désorienté, René se trouvait pris entre deux feux. N'étant pas de nature belliqueuse, il tentait systématiquement en douceur de réconcilier les deux femmes en plaidant la cause de l'une auprès de l'autre, et inversement. Granny et Reidun ne se parlaient quasiment pas, la première parlant mal l'anglais, la deuxième ne parlant pas un mot de français.

Dans le courant de l'année 1952, Reidun fit la connaissance d'Henriette Lamotte, grâce au magazine *The Australian Women's Weekly* qu'elle achetait chaque semaine dcpuis son arrivée à Sydney. En plus de recettes de cuisine qu'elle survolait à peine, le magazine consacrait, à chaque numéro, un article à la mode et à la haute couture. En ce mois de février, un article était dédié à cette jeune modiste française ayant ouvert une boutique sur Rowe Street, quartier bohème du centre de Sydney comprenant des salons de thé, boutiques de mode et galeries. Celle-ci fut vite connue du tout Sydney, charmé par sa personnalité pétillante et ses origines françaises. Ses propres créations comme ses chapeaux importés directement de Paris connurent vite un grand succès auprès des femmes à la mode et bien habillées de la ville. Lamotte collabora également avec Germaine Rocher.

Reidun, pour qui les chapeaux étaient un élément essentiel d'une tenue, devint une bonne cliente du salon boutique d'Henriette Lamotte, qui apportait à Sydney un peu de l'excitation et de l'ambiance des défilés parisiens. Elle emmena Robyn afin qu'elle la conseille pour l'achat de nouveaux chapeaux.

Les deux amies ne manquèrent cette année-là aucun des défilés de mode qu'Henriette organisait soit dans son luxueux salon boutique, soit au *Prince's* où, dans les deux cas, le champagne coulait à flots et la mise en scène était aussi sophistiquée qu'à Paris.

À l'automne 1952, alors que René rentrait de Melbourne où il avait assisté à une vente de laine, il trouva sa femme sur la terrasse, allongée sur une chaise longue face à la baie de Sydney, une coupe de champagne à la main. À peine l'eut-il rejointe qu'elle s'exclama :

— Il faut que tu lui parles, René ! Ta mère ne peut pas continuer comme ça. En rentrant en fin de journée à la maison, je l'ai trouvée dans la chambre du rez-de-chaussée à fouiller dans mes vêtements et accessoires. Elle m'a accusée d'avoir suffisamment de tenues pour une vie entière et m'a dit qu'il n'était pas nécessaire d'en acheter plus ! Je fermerai désormais cette chambre à clé !

Sensible à la colère de sa femme, tout en s'amusant

à imaginer Aline découvrant l'étendue de la garde-robe de Reidun alors qu'elle-même ne devait posséder que quelques simples tenues, René tenta d'apaiser sa femme en lui promettant de parler à sa mère. La fureur de Reidun retomba un peu et le couple finit par se réconcilier sur l'oreiller. Reidun supportait de plus en plus mal l'omniprésence de sa belle-mère et ne se gênait pas pour le lui dire et s'en plaindre auprès de son mari.

À cinq ans, Renée présentait une prédisposition précoce à la lecture. Son papa lui avait acheté des cubes alphabétiques avec lesquels elle pouvait jouer des heures entières, et elle s'amusait souvent à raconter des histoires qu'elle inventait pour Paulo et Claudette, qui écoutaient, captivés, cette grande sœur bavarde et imaginative.

Ce fut René qui eut l'idée d'inscrire les enfants au *kindergarden*, un centre équipé de jeux en intérieur et d'un espace extérieur avec un bac à sable, des jouets roulants, une structure d'escalade et un espace vert. La Mirredong Kindergarden se situait entre Shellcove Road et Harriette Street, soit à dix minutes à pied de chez eux. C'était le lieu idéal pour accueillir ses enfants et les éveiller. René souhaitait qu'ils soient stimulés et occupés pour compenser notamment l'attitude négligente de sa femme.

Les petits Dutriez s'y rendaient donc deux jours par semaine, ce qui soulagea Mia qui, à part les conduites des enfants, se consacrait ces jours-là à gérer les courses, le ménage et le rangement de la maison… Le reste du temps, c'est elle qui les gardait avec parfois l'aide de Granny qui aimait plus que tout aller chez son fils à l'improviste.

À Mirredong, Renée jouait beaucoup à assembler les blocs d'alphabet et à parcourir les livres d'images, Paulo, quant à lui, passait une majeure partie de la journée dehors à escalader la structure en bois ou à dénicher dans l'herbe des insectes, quand il ne s'improvisait pas jardinier en imitant Mummy et en arrachant les mauvaises herbes autour des buissons et fleurs plantés. C'est là aussi que Claudette fit ses premiers pas, sous le regard amusé de son frère et de sa sœur, curieux de voir qu'elle n'allait pas toujours rester un bébé.

Reidun continuait à vivre sa vie comme elle l'avait toujours fait, multipliant les journées de balades, de jardinage et de natation, seule ou avec une de ses deux amies selon les jours. Elle laissait généralement à Mia le soin des conduites au jardin d'enfants, comme elle lui déléguait la responsabilité des bains et de leur dîner…

Elle culpabilisait néanmoins par moments de ne pas s'occuper davantage de ses trois enfants et pouvait alors spontanément leur procurer de l'attention. Elle décida notamment, sur l'impulsion de Robyn, d'emmener Renée, Paulo et Claudette au Taronga Zoo de Sydney, au nord de la baie. Reidun, Robyn, les cinq enfants et Mia passèrent la journée entière à parcourir le parc : outre les mammifères, oiseaux et reptiles qui avaient fasciné les petits, Reidun contempla longuement l'horloge en fleurs du parc. Composée de mille cinq cents fleurs, l'entretien de chaque espèce composant cette horloge mécanique florale la fascina. Les enfants furent heureux de passer une journée entière avec leur maman et, malgré leur jeune âge, profitèrent de l'avoir complètement avec eux, sous la surveillance rapprochée de Mia, qui gardait un œil sur chacun d'eux.

Au printemps de cette année-là, le couple Dutriez commença à se disputer de plus en plus souvent : les disputes étaient soit au sujet de Granny, trop souvent présente au goût de Reidun, soit au sujet des fréquents voyages de René, qui commençaient à peser sur le moral de sa femme.

— Tu repars dans deux jours ? Mais tu es tout le temps

parti, et je me retrouve seule avec les enfants, je m'ennuie quand tu n'es pas là… Je voudrais qu'on sorte, qu'on aille au cinéma ou au restaurant au lieu de me retrouver toute seule ici ! lui reprochait Reidun.

— Je n'ai pas le choix, tu le sais très bien, chérie. Et si tu t'ennuies, invite Robyn ou Cathy. Voyager fait partie de mon métier, je ne pars pas pour m'amuser mais pour nous permettre de vivre bien. Nous irons au restaurant à mon retour si cela te fait plaisir !

Les reproches de Reidun attristaient René. Il aurait aimé qu'elle respecte cet aspect de son activité, comme lui respectait son besoin d'indépendance et son peu d'instinct maternel.

Concernant Granny, Reidun n'hésitait plus à ouvertement lui faire comprendre que c'était elle la maîtresse de maison au 5 Bogota Avenue, alors que, pour surmonter la solitude lors des absences de son mari, Reidun alternait le champagne et les rendez-vous avec Samuel à l'hôtel *Oaks* de Neutral Bay. Situé à une petite vingtaine de minutes de chez elle, il était rapidement devenu son QG lors des déplacements de son mari. Outre la possibilité d'y prendre une chambre avec Samuel, Reidun appréciait le cadre familial de ce pub, véritable institution du coin. L'établissement avait ouvert ses portes en 1885 sur Military Road, et portait bien son nom : dans sa cour se déployait un magnifique chêne donnant de l'ombre aux clients souhaitant manger ou boire à l'extérieur. Avec ses quarante chambres, son restaurant, sa salle de billard et son bar, cet hôtel était un établissement notoire de la ville en 1952.

Là-bas, Reidun se lia vite d'amitié avec Mickael, le barman qui, dès qu'elle descendait de sa chambre, lui servait une coupe de champagne qu'elle aimait boire en discutant avec lui. Féru d'astronomie, Mickael lui parlait des étoiles et Reidun, avide de connaissances et complexée par son manque de culture, l'écoutait, fascinée et intéressée à la fois.

— Viens dans la cour, je vais te montrer comment distinguer la Croix du Sud, l'invita un soir Mickael alors que la nuit était bien étoilée. Elle est facile à reconnaître, elle est formée de quatre étoiles qui forment une petite croix latine, expliqua le barman avant de scruter le ciel pour lui montrer.

Reidun ce soir-là en apprit un peu plus sur les constellations.

C'est au *Oaks* qu'elle fit aussi la connaissance de Shane, au cours de l'été. Cet après-midi-là, Reidun était furieuse. Samuel ne l'avait pas rejointe à leur rendez-vous, et dépitée, fâchée, elle buvait une coupe au bar lorsqu'elle aperçut un bel Australien d'environ trente ans, assis seul et parlant avec Mickael.

Reidun prit sa coupe, les rejoignit et lança :

— Il va me falloir au moins une deuxième coupe, Mickael, cet après-midi !

— Des contrariétés aujourd'hui, Madame ? lui répondit le barman habitué à la voir toujours souriante et prête à discuter une fois descendue de la chambre qu'elle réservait au moins deux à trois fois par mois.

— Rien que le champagne ne puisse apparemment soigner, s'aventura à dire Shane, amusé par le culot et le franc-parler de Reidun.

Elle lui sourit, se tourna vers lui et se présenta tout en continuant à siroter son verre. Shane vivait seul à Neutral Bay et passait souvent au pub boire une bière après sa journée de travail. Il était sauveteur sur la plage de Freshwater, au nord de Manly. Reidun et lui entamèrent une discussion naturellement tournée vers la natation et les plus beaux endroits où nager aux alentours. La discussion et le champagne aidant, la colère de Reidun redescendit et elle passa un bon moment en sa compagnie. Elle avait déjà envie de le revoir. Ils se donnèrent rendez-vous le lendemain matin pour nager tôt, avant l'arrivée des premiers baigneurs et le début de la journée de travail de Shane. Celui-ci fit connaître à Reidun, ce matin-là, la piscine rocheuse d'eau de mer de Freshwater Beach, à l'extrémité nord de la plage que peu de gens connaissaient. Ils prirent plaisir à nager ensemble, seuls dans cette piscine naturelle, à l'heure où le soleil d'été ne chauffait pas trop. Comme Shane devait rejoindre ses collègues à 9 heures et partir travailler, Reidun resta un peu plus longtemps à faire des longueurs et à profiter de cet environnement magnifique. Shane et elle convinrent de se retrouver à la même heure le lendemain matin afin de nager encore ensemble et de discuter de leurs passions respectives.

En 1952, cela faisait six ans que Reidun habitait Sydney et, la ville, ses paysages, sa végétation et ses piscines d'eau de mer continuaient de la séduire et d'avoir un effet apaisant sur elle. Elle s'y sentait chez elle. Les matins suivants, alors que René était en déplacement, Reidun se leva tôt, contrairement à ses habitudes, pour rejoindre Shane à la piscine de Freshwater puis, tout naturellement, ils se retrouvèrent en fin d'après-midi au *Oaks*, où, très vite, ils réservèrent pour quelques heures une chambre à l'étage. Shane était passionné par les championnats australiens de natation et initia Reidun, qui l'écoutait commenter pendant des heures les résultats de chaque compétition.

Reidun évitait la solitude consécutive aux absences de son mari en fréquentant Shane ou Samuel, avec qui elle avait renoué bien qu'il ait raté un de leur rendez-vous. Le champagne l'aidait également à combler sa solitude, mais, c'est avec Shane que Reidun se mit à boire et à apprécier le whisky.

Ils redescendaient en général de leur chambre le soir, et tous deux étaient alors affamés. Après avoir dîné ensemble au pub, ils s'asseyaient au bar, où Mickael servait une coupe à Reidun et un whisky à Shane. Cet alcool rappelait de bons souvenirs à Reidun, liés aux vacances passées avec René aux Blue Mountains. Mais un soir, elle décida de se joindre à son amant et de créer autour du whisky de nouveaux souvenirs.

À partir de l'automne 1952, Reidun prit l'habitude de boire du champagne seule, avec ses amies ou avec son mari et, de boire du whisky en compagnie de l'un de ses deux amants au pub…

René était à Sydney pour Noël et, comme à son habitude, le couple passa les fêtes avec Robyn et Tim. Cette année-là, les deux familles avaient décidé d'aller voir dans la baie le départ de la course à la voile Sydney to Hobart, une course de bateaux à voile de mille deux cents kilomètres, qui partait chaque 26 décembre, le « boxing day ».

CHAPITRE 20

Ce 26 décembre 1952, à onze heures du matin, dix-sept concurrents prenaient donc le départ sous les yeux émerveillés de Reidun et Robyn. Les embruns marins, les bateaux et l'excitation du départ réveillèrent progressivement chez Reidun un mal-être qui n'avait pas ressurgi depuis longtemps. De la baie, ils pouvaient admirer les bateaux s'élancer. Elle fut d'abord euphorique et exaltée, presque déçue de ne pas pouvoir naviguer sur un bateau, comme l'avait fait Jane Tate en 1946. Puis, ce sentiment d'euphorie céda la place à une grande mélancolie et à une tristesse indicible, au moment où les bateaux commencèrent à être hors de vue. Robyn et René réalisèrent à peu près au même moment que Reidun avait le regard perdu au loin, et cette étincelle de désespoir dans ses yeux que tous deux reconnurent aussitôt. Ils rentrèrent ensemble à Bogota Avenue, où il était prévu qu'ils déjeunent à quatre.

— J'ai besoin d'être seule, déclara sans ménagement Reidun à peine arrivée chez elle, avant de monter à l'étage.

C'était la première fois que Reidun s'enfermait dans sa chambre, refusant la présence de son mari et de son amie mais ils respectèrent son choix.

Une fois seule, la jeune femme s'allongea ; la course avait fait remonter des souvenirs qui affluaient et qu'elle n'arrivait pas à contenir.

CHAPITRE 21

Peu avant la guerre, Reidun avait trouvé un petit boulot sur un bateau qui effectuait des traversées sur le fjord Namsen ; elle y était hôtesse, accueillant et informant les passagers. Ce travail lui permettait de gagner un peu d'argent et de participer aux frais de la maison, tout en profitant du cadre de travail majestueux du fjord. C'est au cours de ces traversées que Reidun rencontra des hommes et se laissa séduire. Ces voyages lui permirent de vivre ses premières expériences amoureuses.

Au fil des ans, Hansine et Hartvig se désolaient de voir leur fille, pourtant si jolie, ne pas trouver d'homme prêt à l'épouser ; Kitty, qui avait deux ans de plus qu'elle, était déjà mariée alors que l'aînée des enfants Ottesen, Borghild, avait fait le choix de poursuivre ses études afin d'obtenir un diplôme, de quitter ses parents pour aller vivre à Oslo, et être indépendante. Borghild avait trouvé un travail de secrétaire et s'épanouissait, ne revenant dans sa famille que pour les fêtes de Noël, sa valise remplie de cadeaux... Reidun, elle, n'envisageait pas de poursuivre ses études au-delà du bac et encore moins de trouver un mari. Elle aimait la vie paisible qu'offrait Namsos, proche de la nature et de la mer.

C'est au cours d'une traversée sur le fjord Namsen que Reidun rencontra Piotr, bel homme de quelques années de plus qu'elle. Elle fut séduite par son allure, sa prestance, et se laissa charmer par ce beau parleur, qui se garda bien de lui dire qu'il était marié et père de deux enfants. Il devint un passager régulier du bateau sur lequel elle travaillait.

Les deux jeunes gens, épris l'un de l'autre, profitèrent régulièrement de la cale du bateau au cours de la traversée pour faire plus ample connaissance.

Fin décembre 1944, Reidun s'inquiéta de ne pas avoir eu ses règles en début de mois comme d'habitude… Elle se confia naïvement à Hansine, inconsciente de ce signe qui aurait dû l'alerter. Hansine, stupéfaite d'abord par l'annonce de Reidun, comprit vite la situation et pressa sa fille de questions au sujet de l'homme qu'elle avait rencontré.

Quand elle sut qu'elle était enceinte, Reidun paniqua dans un premier temps, puis assurée des sentiments de Piotr à son égard, elle confia à Hansine sa certitude qu'il allait la demander en mariage une fois qu'elle lui aurait annoncé la nouvelle. Les jours suivants, elle chercha Piotr en vain à chaque traversée. Il ne revint sur le bateau qu'au bout d'une dizaine de jours, pour son plus grand bonheur et soulagement. Au cours de la traversée, elle parvint à l'emmener dans la cale. Là, sûre d'elle et de leur avenir, elle lui annonça sa grossesse et sa future paternité. Une fois le choc de l'annonce passé, celui-ci se décida à avouer à Reidun qu'il était déjà marié et père, ce qui l'empêchait d'envisager tout avenir avec elle, et encore moins une présence dans la vie de l'enfant qu'elle portait. Piotr lui suggéra d'ailleurs de s'en débarrasser au plus vite… Abasourdie par cette annonce inattendue et en colère, Reidun s'en voulut de sa crédulité et des mensonges de Piotr. À peine rentrée chez Hartvig et Hansine ce soir-là, elle courut dans la chambre qu'elle partageait avec ses sœurs, s'effondra sur son lit pour pleurer sur son sort et celui de son enfant. Il n'était pas question pour elle de s'en débarrasser : la religion luthérienne s'opposait fermement à l'avortement.

Dans les mois qui suivirent, Reidun resta le plus souvent

enfermée chez ses parents et observa avec étonnement et un peu d'inquiétude les changements de son corps. Elle sortit peu pendant toute sa grossesse pour éviter surtout les questions et commérages du voisinage. Dans la petite ville de Namsos, ses parents étaient considérés comme des gens honnêtes et respectables. Encore plus attentionné que d'habitude et sensible à l'état de sa sœur, Bjarne, devenu pêcheur comme son père et ses frères, profitait de ses instants de liberté pour rester avec elle, se promener avec elle à son rythme et, à la demande de la jeune femme, cueillir dans la forêt les fleurs sauvages qu'elle aimait tant. Son état l'empêchait alors de grimper sur les rochers montagneux du fjord pour les ramasser comme elle le voulait.

Au terme d'une journée de contractions, Reidun donna naissance à Mari Irenée, une petite fille en pleine santé le 20 août 1945, par une belle journée ensoleillée, à Namsos. Jonette, la sage-femme que Bjarne était allé prévenir, était venue en renfort aider Hansine. À aucun moment au cours de sa grossesse Reidun n'avait réfléchi à ce qu'il adviendrait d'elle en tant que mère célibataire. Avec une facilité déconcertante, elle avait la capacité d'occulter toute pensée susceptible de la contrarier. La naissance de sa fille n'y changea rien, Reidun refusait d'admettre que sa vie était bouleversée avec l'arrivée de ce bébé.

Dans les jours et les semaines qui suivirent, elle oscilla entre de nombreux accès de tristesse et de mélancolie, et un bonheur et une paix profonde, quand elle allaitait sa fille. Hansine ne trouvait pas cela normal…

Bjarne s'efforça d'aider au mieux sa sœur en l'obligeant à descendre au port avec lui, ou à se promener en forêt entre deux tétées, laissant Mari Irenée à Hartvig et Hansine. Ces derniers, quoique réticents et peu enchantés au départ de devenir grands-parents, avaient fait tomber toutes leurs résistances aussitôt qu'ils virent le bébé.

Inquiète pour sa fille, Hansine se confia un jour à Hartvig :

— Je me fais tellement de souci pour Reidun. Quand je la vois si abattue à certains moments, je ne peux pas m'empêcher de penser à Erna, la femme de ton collègue, qui, après la naissance de son fils, avait présenté les mêmes symptômes qu'elle. Dire qu'elle a fini par se jeter, avec son bébé, du haut de la falaise du fjord, à peine quelques mois après sa naissance… J'ai peur que cela puisse nous arriver. Nous devons être vigilants et ne pas laisser Reidun trop longtemps sans surveillance avec Mari Irenée…

Hartvig comprenait les angoisses de sa femme, il était lui-même inquiet pour sa fille, mais ne savait pas comment l'aider. Il en voulait énormément à l'homme qui l'avait mise enceinte, persuadé que lui seul était responsable des accès de tristesse de Reidun. Il se refusait cependant à penser à Erna. Ce drame l'avait, lui et ses amis pêcheurs, complètement bouleversé. Impuissants face à ce qu'il convient aujourd'hui d'appeler une *dépression du post-partum*, Hansine et Hartvig prenaient souvent le relais de leur fille en s'occupant du bébé. Hartvig à chaque retour d'une expédition de pêche et Hansine, au quotidien, afin d'aider au mieux. À cette époque-là, la dépression postnatale, n'était pas reconnue comme maladie et encore moins soignée efficacement. Aussi, lorsque le médecin vint chez eux pour ausculter la petite Mari Irenée, Hansine en profita pour lui faire part de son inquiétude au sujet de sa fille. Mais celui-ci ne fut pas d'une grande aide. Il lui confia avoir déjà, au cours de sa carrière, rencontré des patientes qui, souffrant à des degrés divers des mêmes symptômes que Reidun, avaient, petit à petit, réussi à reprendre goût à la vie et à dépasser leurs idées noires. Mais il se garda bien de mentionner à Hansine qu'il avait également eu à traiter un faible nombre de patientes qui ne s'en étaient jamais vraiment remises et qui étaient restées dans cet état latent de mélancolie, face auquel il était demeuré lui-même impuissant…

Pendant les mois qui suivirent, Reidun réussit plus ou moins à traverser ces moments difficiles et à s'émerveiller de temps en temps face à sa fille, qui grandissait sereinement. Jamais, au cours de sa grossesse, ni après son accouchement, elle ne mentionna ni ne chercha à entrer en contact avec Piotr…

Un jour où elle allaitait sa fille, sa sœur Dagny s'assit à côté d'elle et lui demanda :

– Que comptes-tu faire avec un bébé, sans mari ni travail ?

Pas décontenancée, Reidun lui répondit :

– Je compte rester, dans un premier temps, ici avec vous, ensuite je reprendrai un travail comme hôtesse sur le fjord, ce qui me permettra de louer un petit logement et de rester proche de vous tous.

Reidun refusait de penser à l'avenir et aspirait à une vie simple et sans contrainte. Elle évitait de considérer les obstacles qui l'attendaient, et préférait occulter toute pensée contrariante. Elle restait en outre sujette à des accès de tristesse et des crises de larmes dont l'origine échappait à son entourage et qu'elle surmontait tant bien que mal à chaque fois.

CHAPITRE 22

Après le déjeuner, Robyn s'inquiéta de ne pas voir Reidun redescendre et alla la voir. Elle la trouva prostrée sur la terrasse, allongée sur une chaise longue, une coupe de champagne à la main. Reidun parlait norvégien, divaguait et disait des choses incompréhensibles. Elle prononça à plusieurs reprises les prénoms de ses parents, puis agrippa le bras de Robyn et lui dit fermement :

— Il faut prévenir Borghild que je suis à Sydney et aller chercher Mari Irénée, vite, va la chercher avant qu'elle ne me reconnaisse plus...

Interdite et ne comprenant rien des propos de Reidun, Robyn se dit que son amie avait trop bu, alors même qu'elle traversait un moment de mélancolie intense. En effet, le départ enfiévré de la course avait propulsé Reidun en Norvège quelques années plus tôt, elle se débattait intérieurement avec ses démons et comptait comme toujours sur l'alcool pour l'aider.

— Viens, lui intima Robyn, suis-moi à l'intérieur. Donne-moi ta coupe s'il te plaît, je pense que tu as assez bu pour la journée !

Robyn l'aida à se coucher, lui retira la bouteille de champagne avant de descendre rejoindre les autres sans rien dévoiler de ses propos incohérents.

De son côté, René, quoique toujours amoureux de sa femme, ressentit une certaine lassitude à devoir gérer ses crises, qui surgissaient sans prévenir et qui, cette fois-ci, avaient gâché leur journée, et, il en était certain, terni leur belle amitié. Reidun était déjà profondément endormie quand il monta à l'étage dans l'après-midi après le départ de Robyn et Tim. Il passa sa soirée seul et dormit ce soir-là dans la chambre du rez-de-chaussée. Il fut surpris de la voir très tôt le lendemain matin, debout et prête à partir. Après s'être enquis de son état, il la laissa s'en aller, alors même que leurs enfants se réveillaient. Ce serait certainement encore pour eux une journée sans leur mère...

Après une nuit entrecoupée de nombreux cauchemars, Reidun prit sa voiture ce matin-là, et alla nager dans la piscine de Freshwater.

Ses pensées la torturaient. Hartvig, Hansine, Piotr, Borghild et Mari Irenée étaient tous sortis de leur cachette depuis la veille et, à tour de rôle, s'imposaient à son esprit, ne lui laissant pas une minute de répit. Elle avait à peine dormi, sentait migraineuse, mais décidée à les mater afin qu'ils retournent à leur place, dans l'ombre. La jeune femme était aussi vexée qu'après tant d'années ses démons avaient eu raison d'elle suite à une banale course de bateaux à voile.

Elle nagea de longues heures et ne s'arrêta que lorsque la douleur du coup de soleil qu'elle avait attrapé aux épaules se manifesta. Elle se sécha alors rapidement, se rhabilla et partit au *Oaks*, dans l'espoir d'y voir Shane. Elle fut heureuse et soulagée de l'y trouver. Elle souhaitait réserver une chambre avec lui afin de s'épuiser physiquement à faire l'amour et dans l'espoir que ses fantômes s'évanouissent...

En redescendant ce soir-là, après avoir dîné avec son amant, Reidun but deux whiskys avant de rentrer chez elle. René l'attendait. Il ne posa pas de questions pour éviter de la contrarier. Les jours suivants, elle continua chaque matin de partir nager à Freshwater puis s'allongeait sur le sable en quête de sérénité avant de rentrer chez elle et prolonger son besoin de détente dans son jardin où elle communiquait avec ses fleurs.

— Je vous ai déjà parlé de Mari Irenée, ma petite fille restée en Norvège ? Elle m'attend à Oslo, vous savez, et je suis certaine que Borghild s'en occupe très bien ! Elle est tellement jolie, si vous saviez ! Mais elle a dû grandir... Oh mon Dieu, oui, elle a dû tellement grandir...

En fin d'après-midi, elle retrouvait Shane au pub et revenait tard à la maison.

Au bout de quelques semaines, René constata que, quoique fasse sa femme de ses journées et de ses soirées, elle revenait progressivement à la vie et son voile de tristesse dans les yeux se levait progressivement. Petit à petit, Reidun retourna nager à la piscine McCallum, alternait la natation, le jardinage et la marche dans la journée, puis dînait avec René presque chaque soir avant que le couple ne se retrouve sous les draps. René était blessé, impuissant et totalement démuni face aux désordres psychologiques de sa femme. Il faisait au mieux en respectant sa personnalité, mais commençait néanmoins à craindre l'impact négatif de ses absences et de sa consommation d'alcool sur leurs enfants. Ses multiples demandes de conseils auprès de différents médecins avaient été des échecs ; à part les opioïdes que Reidun supportait difficilement et, en France, des séances d'électrochocs, tous se révélaient impuissants à soigner le trouble dépressif chronique dont souffrait sa femme.

En ce début d'année 1953, c'était l'été à Sydney. Il faisait chaud, mais la petite Renée n'en avait que faire. L'apprentissage de la lecture avait été une révélation pour elle et lui ouvrait les portes d'un monde enchanteur, une possibilité d'embellir son quotidien...

Chaque fois que René retournait en France, il achetait dans une petite librairie de Lille, *Le Furet du Nord*, des livres pour son aînée. À Sydney, il l'emmenait à la bibliothèque où, malgré son jeune âge, elle était irrémédiablement attirée par les livres historiques, plutôt que par ceux adaptés à son âge. Cet été-là, Renée se trouva un endroit à l'ombre dans le jardin et lut et relut un livre sur l'histoire de France que lui avait offert son père. Elle resta sourde aux invitations à jouer de Paulo et aux facéties de Claudette, qui s'ennuyait et cherchait à s'amuser. Ce fut Granny qui, malgré l'accueil peu chaleureux de sa belle-fille, vint régulièrement divertir Paulo et Claudette, les emmenant se promener ou effectuant les conduites les jours où ils allaient au jardin d'enfants.

Granny ne faisait d'ailleurs plus de réflexions à son fils au sujet de sa femme, mais elle n'en était pas moins scandalisée. Les quantités de vêtements qu'elle achetait et son absence chronique auprès des trois enfants la rendaient folle, sans compter son alcoolisme préoccupant. Avec ses petits-enfants, Granny, en raison des drames qu'elle avait eus à surmonter, donnait peu de preuves d'affection ou d'amour, alors même qu'elle tenait énormément à eux. Renée, Paulo et Claudette recevaient donc l'amour de leur père et de Mia. Mais ce dont ils manquaient terriblement, c'était de celui de leur mère qui, ne savait pas leur en donner.

À la fin de l'été, alors que les deux femmes nageaient à la piscine McCallum, Robyn revint sur l'épisode du mois de décembre et demanda à Reidun qui était Mari Irénée. Surprise au départ, Reidun retrouva vite ses esprits et, avec un aplomb maîtrisé depuis de longues années, mentit en évoquant une amie de jeunesse en Norvège. Robyn connaissait les origines norvégiennes de son amie et, certaine de sa bonne foi, en resta là sans s'inquiéter. Reidun s'en voulut d'avoir prononcé à voix haute le prénom de Mari Irénée et menti si éhontément à Robyn. Il n'était de toute façon pas concevable de révéler son secret gardé depuis si longtemps. Elle se demandait même parfois si elle avait vraiment eu une fille en Norvège… Cette vie d'avant lui paraissait tellement loin, elle vivait depuis si longtemps dans le mensonge que Mari Irenée lui semblait désormais irréelle.

La question de Robyn fut vite évacuée et Reidun passa une bonne journée en compagnie de son amie. Les deux femmes parlèrent notamment de mode et de cinéma, alors que toutes deux avaient récemment vu ensemble la comédie musicale australienne *Night club*.

Quand, ce soir-là, Reidun retrouva René, ils se disputèrent car il avait prévu de partir le surlendemain pour Brisbane et d'être absent plus longtemps que prévu. Il avait été invité à passer quelques jours, après la vente, chez un éleveur de moutons à qui il achetait de la laine depuis longtemps. Reidun ne savait pas si c'était la perspective d'être seule qui la mettait en colère, le fait que son mari allait, après la vente aux enchères, passer quelques jours pour son plaisir chez cet éleveur qu'il connaissait, ou la révélation de Robyn sur sa faiblesse au sujet de Mari Irenée, mais elle était furieuse et passa la soirée à faire des reproches insensés à René. Il partit donc contrarié par la réaction de sa femme, mais tout de même heureux à l'idée de s'octroyer quelques jours avec Paul, avec qui il avait sympathisé depuis quelques années.

CHAPITRE 23

Il se rendit à la gare centrale pour prendre le *Brisbane Limited* reliant Sydney à Brisbane. Arrivé sur place, il logea d'abord à l'hôtel afin de participer à la vente aux enchères de laine. Là, il retrouva Paul Cullen, fermier à la tête d'un troupeau d'une centaine de moutons, vivant seul avec ses enfants depuis le décés prématuré de sa femme, dans sa ferme située à une vingtaine de kilomètres de Brisbane. René et lui se connaissaient depuis quelques années et s'appréciaient. Paul avait du respect pour René qui, grâce à son expérience et à son amour du métier, avait toujours l'œil pour acheter au prix juste la laine de belle qualité. René, lui, ressentait une certaine attirance pour cette vie simple en extérieur et au contact des animaux. Et, même s' il n'avait aucun désir d'échanger sa vie à Sydney pour celle de Paul, il était heureux de s'accorder quelques jours avec lui dans sa ferme, et d'oublier les critiques de Reidun et ses accès de mélancolie.

— Tu ne t'imagines pas à quel point je suis heureux de passer quelques jours loin de Sydney, lui confia René. J'aime ma femme et mes enfants, mais quelques jours entre hommes vont me faire le plus grand bien !

Pendant ce temps, Reidun profitait des températures encore élevées de la fin d'été pour aller chaque jour se baigner à la piscine McCallum ou à celle de la plage de Freshwater, avant de s'extasier sur la végétation luxuriante en cette saison et de sc balader de longues heures sur les sentiers de promenade aménagés. Régulièrement, fin d'après-midi, elle allait rejoindre Shane, avec qui elle passait la soirée, voire la nuit, se fichant alors éperdument de savoir si ses enfants étaient seuls ou non. Les soirs où elle était chez elle, Reidun s'occupait alors maladroitement de Renée, Paulo et Claudette ; elle ne pensait pas toujours à préparer à manger mais, une coupe de champagne à la main, elle les emmenait dans le jardin leur montrer où était la Croix du Sud et à quel endroit de la tige tailler un hibiscus…

Granny restait souvent dormir à Bogota Avenue lors des déplacements de son fils, et savait que sa belle-fille ne rentrait pas tous les soirs chez elle. Mais elle se gardait bien de dire ce qu'elle en pensait. Elle avait compris qu'il ne servait à rien de faire une réflexion, ni à Reidun qui s'en fichait totalement, ni à son fils, amoureux et trop laxiste avec elle. Elle se contentait au retour de René de l'informer des nombreuses absences nocturnes de Reidun, qui l'obligeaient à rester pour les enfants et à faire en sorte que Mia puisse rentrer chez elle.

René se doutait bien des activités extraconjugales de Reidun. Il en avait pris son parti, tant que leur couple n'en souffrait pas et, de fait, quand il rentra de Brisbane, Reidun l'accueillit chaleureusement, sans aucune mention de leur dispute l'avant-veille de son départ.

Or, elle était indécise et avait l'esprit tourmenté. Elle aimait René, mais elle ne supportait pas la solitude que créaient ses nombreux déplacements. À l'automne 1953, il n'était pas question pour elle de tirer un trait sur Shane ou Samuel, même si elle voyait moins ce dernier. Ses amants compensaient les absences de son mari et, elle se sentait, en leur présence, la même femme que celle qui s'était regardée la première fois dans un miroir de David Jones à son arrivée à Sydney.

C'est à cette même époque qu'elle trouva à chacun de ses enfants un surnom pour le moins surprenant venant d'une mère... Renée aimait beaucoup passer le balai dans la maison et aidait ainsi Mia à faire le ménage. À la voir balayer chaque jour, Reidun l'appela « Mater broomstick » littéralement « mère balai », ce qui laissa sa fille totalement indifférente. À presque six ans, elle palliait l'absence d'amour maternel en puisant dans ses lectures un réconfort et un apaisement puissants. Elle-même avait du mal à dire correctement son propre prénom et prononçait depuis toute petite « Nénée » à la place de Renée ! Son frère et sa sœur l'appelaient d'ailleurs ainsi ou « Nén » depuis leur plus jeune âge.

Paulo, hérita du surnom de « Brayous », car il pleurait beaucoup trop au goût de sa mère et, quand Claudette râlait et pleurait, elle faisait, selon Reidun, le même bruit qu'un corbeau, et se vit donc attribuer le surnom de « crow kamundus » *crow* pour corbeau, *kamundus* faisant référence à une histoire de Vikings que lui racontait Bjarne, quand elle était petite, et qu'elle aimait beaucoup.

Ce fut également à cette période que Renée entreprit d'ouvrir le courrier de leurs parents et de le lire à son frère et à sa sœur, par ennui ou pour les divertir, et peut-être aussi un peu par provocation. Elle avait des talents d'oratrice et une imagination débordante. Telle facture devenait un courrier d'amis de leurs parents en voyage racontant en détail ce qu'ils avaient visité, quelle culture et quelle civilisation les entouraient... Grâce à elle, Paulo et Claudette partirent eux aussi en voyage en Égypte, Renée leur décrivant les pyramides, une croisière sur le Nil et la visite de la vallée des Rois où se trouvaient les tombeaux des pharaons. Une facture ou un prospectus devenaient des lettres passionnantes qu'elle s'amusait à réinventer.

La fois suivante, Renée fit croire à Paulo et Claudette que c'était leurs grands-parents Norvégiens qui écrivaient afin de faire leur connaissance (Reidun leur avait un jour expliqué qu'ils avaient des origines norvégiennes grâce à elle). Tellement concentrée, Renée ne voyait pas Paulo assis à ses côtés qui buvait ses paroles, les yeux écarquillés, et ne se doutait pas que le soir, dans son lit, il revivait ces histoires, rêvant déjà de partir et de voyager… De son côté, Claudette écoutait attentivement sa sœur avec admiration. Elle ne cherchait pas à savoir lire mais se contentait, à son âge, d'écouter et de profiter de ces moments de bonheur à trois. La lecture de Renée se faisait dans le jardin loin des regards où, si leur mère était dans les parages, le trio se cachait soit dans la chambre de Paulo, soit dans celle des filles, la quatrième chambre de la maison, le dressing de Reidun, étant fermée à clé.

En hiver 1953, c'était le temps des anniversaires : celui de Renée, Paul et Claudette mais aussi celui de Mari Irénée, dont les enfants ignoraient l'existence. Cette période était chaque fois difficile pour Reidun. Elle se sentait menacée par ses souvenirs, qui risquaient à tout moment de venir la tourmenter, aussi buvait-elle plus que de raison. Au fil du temps, elle avait acquis des mécanismes de défense bien rodés face à toute tentative d'intrusion de la Norvège. L'alcool faisait partie de ses armes, aussi, en plus du champagne, cet hiver-là, Reidun demanda-t-elle à Mia d'acheter du whisky, soi-disant pour René. Mia s'exécuta sans réfléchir. Elle connaissait trop bien Reidun pour savoir qu'il ne fallait pas la contrarier quand celle-ci se montrait psychologiquement plus fragile et en proie à ses crises de mélancolie. Dès lors, Reidun veilla à ce qu'il y ait toujours chez elle champagne et whisky pour satisfaire toutes ses envies.

C'est à cette même époque que Robyn prit un peu ses distances avec elle. Robyn appréciait la femme enjouée, curieuse, directe, passionnée et dynamique qu'était Reidun, mais, à l'inverse de son amie, elle était rès maternelle, or, Andrew rentrait à l'école ; ses centres d'intérêt avaient évolué. Robyn voyait également d'un mauvais œil la consommation excessive d'alcool de Reidun. Reidun fut très affectée par l'éloignement de son amie et même si elle pouvait toujours compter sur Cathy, cette dernière ne s'intéressait aucunement à la mode et n'avait pas la possibilité de faire garder Trevor pendant que Sam était à l'école.

Reidun apprit avec joie qu'un défilé de mode organisé alors par le grand magasin *Mark Foy's Piazza* aurait bientôt lieu. *Mark Foy's Piazza* avait ouvert ses portes en 1909, sur Liverpool Street, et ressemblait au *Bon Marché*, à Paris. C'était alors l'un des plus grands magasins de mode d'Australie, en concurrence avec *David Jones.*

Mais, en l'absence de Robyn dans sa vie, Reidun se détourna un peu de la mode et n'assista pas au défilé ; elle se recentra sur son jardin et la nature sous l'impulsion de Cathy pour surmonter cette période difficile des anniversaires. Le champagne, le whisky et ses rendez-vous fréquents avec l'un de ses deux amants au *Oaks contribuèrent à ce que son désarroi ne l'engloutit pas...*

René avait dû se rendre en France. Comme il y avait très peu de ventes aux enchères en hiver en Australie, il en profitait pour voyager afin de faire le point sur la saison avec Raphaël Trentesaux, le dirigeant de la société Trentesaux-Destombes pour laquelle il travaillait depuis de nombreuses années, et avec qui il avait des liens d'amitié solides. Il était cette fois-ci absent pour les anniversaires, mais il s'était promis de se rattraper à son retour. Il n'eut donc pas à souffrir du comportement de sa femme durant cette période critique pour elle. Lorsqu'il rentra, Reidun avait réussi une fois de plus à reprendre le dessus et à mener sa vie comme elle l'entendait.

René revint, comme d'habitude, avec des cadeaux pour Reidun et chacun de ses trois enfants selon leur personnalité. Renée reçut un livre qu'elle s'empressa de cacher à sa petite sœur de deux ans, de peur qu'elle en arrache les pages. Pour Paulo, il avait ramené une boussole, un compas et une carte de France et, pour sa petite dernière, il avait choisi une poupée, qui lui avait fait très plaisir. À son retour, toute la famille partit à Bondi Beach pour pique-niquer. Ils passèrent l'après-midi à se balader sur la plage ou à nager. Claudette se familiarisait avec la mer en mettant la tête sous l'eau avec un tuba. Les trois petits Dutriez ne passaient pas inaperçus : ils étaient aussi blonds que l'était leur maman petite, d'un blond blanc éclatant qui faisait se retourner les gens sur leur passage !

Au printemps suivant, alors que la nature renaissait à Sydney, le couple idyllique formé par Reidun et René commença à se fissurer. René fut furieux lorsqu'en rentrant d'un déplacement, il retrouva ses trois enfants sales de la tête aux pieds et visiblement affamés. Pendant l'absence de son mari, Reidun avait pris l'argent qu'il avait laissé pour Mia et était partie au pub, où elle passait beaucoup de temps. Il lui arrivait d'y être avant Shane et de s'asseoir alors au bar à l'attendre en buvant un ou deux whiskys tout en discutant avec Michael. Elle avait également sympathisé avec des habitués du lieu tel que John, retraité, pour qui le pub était une échappatoire aux remontrances quotidiennes de sa femme. Elle y était désormais une figure connue et même sans avoir de rendez-vous avec l'un de ses amants, elle aimait y venir avant de rentrer chez elle retrouver son mari ou ses enfants. Elle écoutait Michael lui décrire les principales étoiles du Système solaire et lui assurer qu'on marcherait un jour sur la Lune.

René comprit alors que Reidun avait préféré privilégier sa consommation d'alcool à l'achat de nourriture pour les enfants. Il lui en fit le reproche, mais ses propos intéressèrent à peine Reidun, qui ne faisait que grignoter de toute façon, et ne préparait que rarement à manger. Elle avait toujours laissé cela à René ou Mia…

Afin de calmer un peu leurs estomacs vides, Renée, Paulo et Claudette, pendant l'absence de leur père, avaient mangé de l'herbe et des feuilles du jardin sans se douter que du haut de sa fenêtre du premier étage, Mme Russel, leur voisine, avait assisté médusée à la scène. Depuis leur installation sur Bogota Avenue, elle se méfiait du couple Dutriez. Selon elle, la femme, quoique polie, ne semblait pas très équilibrée et lui semblait parfois perdue. Elle l'avait même surprise une fois sortant du *Oaks*, qui n'était pas un lieu pour une femme mariée, mère de trois enfants. Mme Russel reprochait aussi à René d'être trop souvent absent. Son mari, lui, n'avait rien à reprocher aux Dutriez, au contraire. Il appréciait chaque matin de printemps et d'été espionner, du haut de la fenêtre du premier étage, sa belle voisine en légère chemise de nuit descendre dans son jardin pour parler à ses fleurs et ses buissons ! Ce qui importait le plus aux yeux de M. Russel, c'était son potager. Pour le reste, il était partisan du chacun chez soi, et ne se souciait pas de ce qui se passait chez les autres. Le couple décida de faire comme si de rien n'était et ne parla plus de ce que Mme Russel avait vu.

Lors des déplacements suivants de son mari, Reidun garda presque systématiquement pour elle l'argent destiné à Mia qui, une fois le frigidaire vide, n'avait pas de quoi préparer à manger pour les enfants, à son grand désespoir. Habitués à se débrouiller seuls, les enfants, malgré leur jeune âge, s'accommodèrent de la situation. Lorsqu'ils rentraient de Mirredong et s'apercevaient que leur mère n'était pas à la maison, et que Mia était rentrée chez elle, ils jouaient alors à trois dans le jardin, puis rentraient quand ils en avaient assez. Selon leur humeur, ils se faisaient couler un bain pour se laver ou s'installaient dans la chambre des filles pour écouter une histoire que Renée leur lisait. Selon le livre et son humeur, la lecture variait avec son imagination. Renée aimait par-dessus tout inventer une autre fin au livre ou même carrément de nouvelles intrigues ou de nouveaux personnages : la lecture d'un même livre était souvent une histoire totalement différente d'une fois sur l'autre !

Les lectures de Renée nourrissaient l'imaginaire et les rêves de Paulo, tout comme les histoires de Bjarne avaient nourri ceux de leur maman. Claudette, elle, aimait surtout la présence de son frère et de sa sœur, qu'importe ce que Renée lisait ou racontait. L'important était qu'ils étaient tous les trois.

Ensuite, quand leurs ventres gargouillaient, ils descendaient ensemble à la cuisine pour manger. De temps en temps, Mia leur laissait quelque chose ; soit qu'elle avait acheté si Reidun lui avait donné un peu d'argent, soit qu'elle avait ramené de chez ses parents qui avaient un potager. Les soirs où il n'y avait rien dans le frigidaire ou le garde-manger de Bogota Avenue, Renée et Claudette allaient au jardin cueillir des feuilles, des fleurs et de l'herbe, pendant que Paul préparait un assaisonnement comme il avait maintes fois vu son père le faire. Le petit garçon disposait d'un talent culinaire hérité de René et il adorait déjà inventer des recettes en mélangeant les saveurs. C'était d'ailleurs lui qui avait eu l'idée d'intégrer des fleurs à leur salade, et les deux filles lui avaient obéi ! Malgré leur jeune âge, tous les trois faisaient preuve de précocité et avaient appris à se débrouiller.

Au début de l'année 1954, les trois enfants allaient tous les jours à Mirredong Kindergarden. Ils étaient ravis de partir ensemble à pied afin d'échapper aux disputes de leurs parents de plus en plus fréquentes et violentes à cette époque-là. Reidun reprochait à René de n'être jamais là, de préférer « ses » moutons à sa famille, alors que René qui avait jusqu'ici toujours respecté le manque d'instinct maternel de Reidun et son indépendance, lui reprochait de trop boire et d'être incapable de veiller à ce que les enfants aient au moins à manger dans la journée...

Granny continuait à venir régulièrement chez eux, ce qui était aussi un grand sujet de dispute entre les deux époux. René n'aimait rien tant que d'avoir sa mère à table avec eux, alors que Reidun supportait mal cette belle-mère curieuse, qui se mêlait de tout et elle n'hésitait pas à la renvoyer chez elle.

Au-delà de son incapacité à formuler verbalement ou à montrer physiquement ses sentiments, Granny se voulait présente avec ses petits-enfants. C'était sa façon à elle de leur montrer son amour. Elle avait conscience que les petits avaient probablement besoin d'être pris plus souvent dans les bras et embrassés, mais elle ne savait pas le faire, aussi compensait-elle autrement, avec ses propres moyens : elle ramenait de nouveaux livres à Renée ; avec Paulo, elle stimulait son sens de l'orientation et ses envies d'aventures en lui posant des problèmes de mathématiques à résoudre autour d'une carte de France ou d'Australie. La petite Claudette lui posa plus de problèmes. Curieuse et énergique, elle ne s'intéressait ni aux chiffres, ni aux livres. Granny eut un déclic lorsqu'elle vit le soin que sa petite-fille mettait à habiller et à déshabiller sa poupée. Elle voulut alors lui apprendre à coudre et, du haut de ses deux ans, Claudette, enthousiaste, apprit à passer le fil dans l'aiguille avant de fabriquer des robes à base de feuilles d'arbre-bouteille, appelé *Brachychiton rupestris*, que sa grand-mère ramassait pour elle. Ces activités les occupaient plusieurs heures durant. Et la présence bienveillante de Granny, quand elle était chez eux, fut pour les enfants un abri qui leur permit d'échapper aux discordes de leurs parents.

CHAPITRE 24

Très rapidement, à chaque déplacement de René, et ils étaient particulièrement nombreux, Reidun ne paya plus Mia. Avec l'argent, elle s'achetait du whisky ou allait au pub. Ses enfants n'avaient d'autre choix que le jardin pour manger, quant à une présence rassurante et bienveillante le soir, cela faisait longtemps qu'ils avaient arrêté d'espérer...

Au bout de toutes ces années chaotiques, Mia prit la décision d'arrêter de travailler pour René et Reidun. Elle avait besoin de son salaire et, même si elle était attachée aux enfants qu'elle avait vus naître et grandir et que démissionner était un déchirement pour elle, elle avait compris cette année-là qu'elle ne pouvait plus faire confiance à Reidun... Son départ marqua la fin de toute une époque. Le soir, la maison était souvent vide, et les placards aussi...

À maintes reprises, Granny venue dans l'intention de s'occuper des enfants, s'était fait chasser par Reidun qui ne l'appréciait guère... Il lui arrivait même de faire demi-tour à l'approche de la maison voyant que Reidun y était afin d'éviter un nouveau conflit avec sa belle-fille... Les trois enfants ne pouvaient souvent compter que sur eux-mêmes lorsque leur père était en déplacement.

Mais Paulo avait remarqué, à travers la haie, que le voisin entretenait avec beaucoup de soin son potager dans lequel poussaient des salades, des carottes, des courgettes, des tomates, des fraises... Renée et lui eurent l'idée d'envoyer Claudette, toute menue, afin qu'elle se faufile entre les deux jardins et qu'elle y cueille de quoi dîner. Claudette s'exécuta sans histoire, à la fois pour faire plaisir à sa sœur et son frère, et pour manger autre chose que de l'herbe.

C'était la fin de l'été, les légumes étaient magnifiques et gorgés de soleil. La petite fille en prit plusieurs dans ses poches et dans sa robe avant d'effectuer en rampant le trajet du retour. Et ce soir-là, ils firent un festin. Paulo leur prépara un bon repas où seule la viande manquait ! Ils prirent dès lors l'habitude d'envoyer Claudette chaparder dans le potager des voisins.

Mais M. Russel s'aperçut vite qu'on venait le voler. Il en parla avec sa femme, et tous deux en déduisirent rapidement que les fautifs devaient être les enfants. Mme Russell, bien que commère, n'avait pas un fond méchant, son mari non plus, tant qu'on ne touchait pas à son potager. Un jour, ils emballèrent donc leurs restes dans un plat qu'ils déposèrent sous la haie, à l'endroit où Claudette se faufilait. Quand la petite rampa vers leur jardin, Mme Russel veillait et la pressa d'emporter le plat : les trois enfants mangèrent alors à leur faim : il y avait du *corned-beef* avec des pommes de terre, choses qu'ils n'avaient pas mangées depuis longtemps. Ils prirent soin ensuite de remettre le plat vide à l'endroit où Claudette l'avait trouvé. Ils furent heureux les jours suivants de voir leur petite sœur revenir chaque fois avec un repas préparé par les Russel.

Mme Russel tira une grande satisfaction de son acte de charité et comme elle aimait aussi profondément sa tranquillité, elle ne parla à personne de cette voisine qui délaissait ses enfants au point de les abandonner tous seuls le soir, sans rien à se mettre sous la dent.

Lorsque René n'était pas en voyage, il aimait beaucoup cuisiner chez lui. Ils s'asseyaient alors tous les cinq autour de la table pour se régaler de ses bons plats. Et quand sa femme était au pub, il embarquait alors ses trois enfants et ils allaient dîner au restaurant chinois, où ils commandaient un délicieux porc à l'ananas ou au caramel, selon l'envie de chacun. René, comme sa mère et sa femme, n'était pas prompt aux démonstrations physiques d'affection et se montrait strict et ferme avec ses enfants. Cependant, sa manière à lui d'exprimer son amour passait par de petits plats mitonnés lorsqu'il était là, de bons restaurants, une qualité d'écoute et une présence rassurante, que les enfants n'avaient jamais avec leur mère. Tous trois idéalisaient et aimaient par-dessus tout leur « Daddy » et, a contrario, craignaient et se méfiaient de leur « Mummy » qui criait beaucoup, en particulier lorsqu'elle avait trop bu.

Et pour cause : un soir où Reidun rentrait chez elle après avoir quitté Shane au *Oaks*, elle monta dans sa chambre sans prêter attention à ses enfants. Elle était ivre mais, à l'étage, elle chercha immédiatement la bouteille qu'elle avait entamée ce jour-là avant d'aller nager. Ne la trouvant pas, elle s'apprêtait à redescendre pour en prendre une dans le garde-manger, lorsqu'elle glissa dans le couloir sur un livre de sa fille aînée. Sa chute la mit dans une colère noire. Elle chercha Renée dans la chambre des filles, lui cria dessus avant de l'attraper et de la traîner jusque dans le jardin, où elle l'attacha à un eucalyptus, avec une corde du garage, lui promettant qu'elle passerait sa nuit là. Une fois rentrée et une nouvelle bouteille de whisky en main, Reidun s'enferma alors dans sa chambre afin de pouvoir boire tranquillement sans s'inquiéter de savoir si Paulo et Claudette avaient dîné.

— Petite sotte, ça t'apprendra à laisser traîner tes affaires, on verra ce que tu diras après avoir passé la nuit dehors ! marmonna-t-elle, une fois dans sa chambre, en direction du jardin, entre deux gorgées de whisky.

En entendant leur mère hurler et les cris de Renée, qui

s'était débattue fermement pour ne pas être attachée, les deux plus jeunes, terrés dans leur chambre, sortirent dans le couloir et décidèrent ensemble de la libérer. Paulo alla chercher un couteau dans la cuisine, Claudette descendit l'escalier le plus doucement possible afin de ne pas attirer l'attention de leur mère et fila auprès de sa sœur pour essayer de la réconforter. Elles furent vite rejointes par Paulo, qui coupa rapidement la corde.

— J'ai faim ! s'exclama Claudette, alors qu'ils étaient encore tous trois dans le jardin.

— Moi aussi ! déclara Paulo dont le ventre gargouillait.

Renée décida qu'il leur fallait se débrouiller seuls, en faisant très attention à ne pas faire de bruit.

— Merci de m'avoir détachée, on va se débrouiller, mais chut ! Pas de bruit, il ne faudrait pas réveiller Mummy...

Ils envoyèrent alors Claudette ramper sous la haie, dans l'espoir que les voisins avaient laissé quelque chose pour eux. Malheureusement, il n'y avait rien cette fois-là et Renée, Paulo et Claudette se contentèrent d'une salade d'herbes et eurent même le bonheur de finir leur repas autour d'une pomme retrouvée dans le cellier, qu'ils partagèrent en trois.

Il arrivait tout de même que de temps à autre Reidun pense à faire quelques courses. Dans ce cas, les enfants trouvaient dans la cuisine des conserves de *corned-beef*, quelques fruits et légumes, du *carrot cake*, des sachets de soupe déshydratée et des crackers.

Au fil des années, manger relevait plus d'une nécessité que d'un plaisir pour Reidun. Il n'était pas rare qu'elle prépare un *french onion dip*, une sorte de sauce crémeuse à base de fromage Philadelphia à tartiner auquel elle ajoutait un sachet de soupe déshydratée à l'oignon. Son repas consistait alors à y tremper des crackers. Ses enfants étaient les plus heureux lorsqu'il leur en restait un peu pour le dîner...

À la fin de l'été 1954, Reidun se rendit sur la plage de Bondi. Elle souhaitait se baigner dans la piscine d'eau de mer de Bondi Icebergs. Cela faisait longtemps qu'elle ne s'y était pas rendue, mais elle fut obligée de rebrousser chemin en raison d'une démonstration de sauvetage en mer organisée pour la visite officielle de la jeune Reine Elizabeth II en Australie.

Déçue de ne pouvoir se baigner, Reidun décida d'aller voir Cathy, qui était absente... Fortement contrariée dans ses plans pour la journée, elle reprit sa voiture et fonça à la piscine rocheuse de Freshwater Beach, où Shane et elle se retrouvaient souvent. Là, elle put enfin nager comme elle le souhaitait avant de lui faire une rapide visite à son poste de sauvetage sur la plage. Malgré la fin de l'été, il faisait vingt-quatre degrés, et Reidun se félicita d'avoir choisi une robe chemise de couleur beige, qui mettait en valeur son bronzage et son corps musclé. Après s'être allongée sur le sable en profitant des derniers rayons de soleil chauds de l'été et se ressourcer, elle partit en direction de Neutral Bay et du *Oaks* afin d'y attendre Shane. Là, assise au bar, Reidun discuta avec Mickael et quelques habitués tout en buvant un verre ou deux jusqu'à l'arrivée de son amant. Ils montèrent ensuite dans la chambre qu'ils avaient l'habitude d'occuper quelques heures avant de repasser par le bar.

Ce soir-là, Reidun but plus que d'habitude et décida de laisser sa voiture garée près du *Oaks* et de rentrer chez elle à pied. Voyant que la jeune femme titubait et avait du mal à s'orienter, Shane lui dit :

— Es-tu certaine que tu sauras faire la route jusque chez toi ? *Sweetheart.*

Il s'apprêtait à faire demi-tour pour rentrer chez lui, lorsque Reidun, un peu dégrisée par la marche à l'air libre, lui enjoignit de venir chez elle et de passer la nuit avec elle. René était absent, elle ne prenait aucun risque.

Le lendemain au réveil, elle entendit ses enfants jouer ensemble. On était samedi, ils n'allaient pas au jardin d'enfants.

— Matter broomstick, Brayous, Crow kamundus, venez me voir dans la chambre, et venez me chanter une chanson ! cria Reidun de sa chambre.

Surpris, mais ravi de faire plaisir, le trio entra dans la chambre, sans se poser de questions à la vue d'un autre homme que leur père dans le lit. À tour de rôle, les trois enfants chantèrent une comptine : Renée commença avec *Little Bo-Peep*, suivie de Paul qui entonna *Down by the pond* et, enfin Claudette, du haut de ses deux ans et demi, chanta *Miss Polly had a dolly*. Leur chanson terminée, ils sortirent, trop pressés d'aller jouer plutôt que de rester avec leur mère et cet étranger qu'ils ne connaissaient pas…

Au retour de leur père, ils n'osèrent rien lui dire, mais ils furent heureux d'aller au restaurant avec lui et de sortir un peu de chez eux.

Reidun avait beau vivre sa vie libre et sans contraintes, ses vieux démons n'étaient jamais très loin et guettaient la moindre de ses faiblesses pour se rappeler à elle… Ce fut une fois de plus le cas dans le courant du mois de juin 1954, alors qu'elle partait un après-midi voir la nouvelle collection installée chez *Mark Foy's*. En descendant du ferry à Circular Quay, son attention fut attirée par un énorme paquebot, le *SS Orsova*, battant pavillon britannique. Reidun resta interdite pendant plusieurs minutes, le vent apportant une brise marine de l'océan mêlée à l'odeur du pont fraîchement nettoyé. Des souvenirs qu'elle s'appliquait depuis huit ans à tenir éloignés de sa conscience la submergèrent. Là, sur le quai, Reidun fondit en larmes comme elle l'avait fait à bord du

M. V. Tai Yin, incapable d'avancer, indifférente à la foule autour d'elle qui se dépêchait pour prendre un ferry ou se rendre en ville.

Après avoir pleuré longtemps, Reidun se ressaisit et marcha en direction du centre-ville, non pas vers *Mark Foy's* mais vers le pub le plus proche où, au comptoir, elle commanda un whisky pour le plus grand étonnement du barman, qui le fut plus encore quand il vit la vitesse à laquelle elle l'avala. Reidun en commanda un autre avant de parvenir tout juste à échapper aux souvenirs douloureux qui avaient resurgi. *Mark Foy's* allait attendre. Elle régla sa note avant d'aller prendre le ferry en sens inverse et de filer chez elle.

CHAPITRE 25

Là, dans son jardin, alanguie sur sa chaise longue sur la terrasse de la maison de Bogota Avenue, Reidun avait le regard perdu dans le vague et son verre de whisky à la main. Elle ne percevait ni l'odeur des fleurs de frangipaniers ni celle des hibiscus en train de s'ouvrir.

Quelques mois après la naissance de Mari Irenée, Borghild n'ayant pas encore fait connaissance avec sa nièce, proposa à Reidun de venir la voir une semaine avec sa fille et de leur payer les billets. Ce voyage lui semblait également l'occasion de sortir sa sœur de Namsos et de lui changer les idées. Son appartement disposant de deux chambres, elle était ravie de la recevoir et de voir enfin la petite Mari Irenée que ses parents, dans les lettres qu'ils lui adressaient chaque mois, décrivaient comme une petite fille charmante et facile.

Reidun et Mari Irenée arrivèrent à Oslo le 20 mars 1946, par une belle journée de printemps. Borghild ne travailla pas ce jour-là afin d'accueillir sa sœur et sa nièce et de s'assurer qu'elles soient bien installées chez elle. À peine arrivées et leurs bagages déposés chez elle, Borghild les emmena se balader sur le port d'Oslo. Reidun fut immédiatement hypnotisée à la vue du bateau transatlantique *M. V. Tai Yin* à l'ancre au port. Le paquebot majestueux était en escale avant de poursuivre son voyage jusqu'en Australie. Elle confia Mari Irenée à Borghild et s'approcha à grands pas du navire imposant, qui effectuait régulièrement le tour du monde. Reidun était fascinée.

Elle parcourut toute la longueur du bateau, de part en

part, avant de se décider à retrouver Borghild et sa fille… En rebroussant chemin vers elles, un membre de l'équipage l'interpella :

– On cherche des jolies filles comme vous pour notre prochaine traversée, vous seriez pas intéressée, mademoiselle ? C'est exotique l'Australie, ça vous changerait d'ici !

Surprise et méfiante envers ces hommes qu'elle ne connaissait pas, Reidun s'empressa de retrouver Borghild. Elle la vit, assise sur un banc, penchée sur Mari Irenée, examinant avec adoration le petit visage dont les grands yeux bleus étaient ouverts et s'étaient plantés dans les siens. Elle examina alors sa sœur et prit conscience à cet instant de la solitude qu'elle devait ressentir en vivant seule à Oslo, sans enfant. Borghild, quant à elle, savourait ce moment suspendu dans le temps, pendant lequel elle profitait de la chaleur du corps de Mari Irenée et de la douceur de sa peau de bébé, qu'elle effleurait doucement de la main. Elle avait toujours caché à sa famille qu'elle avait une liaison avec son patron, qui lui avait promis qu'un jour il quitterait sa femme pour elle. En attendant, elle réalisait, en tenant Mari Irenée dans ses bras, à quel point ne pas être mère lui pesait. Elle aurait aimé ouvrir son cœur à sa sœur mais, par fierté, elle ne voulait pas avouer à Reidun que la solitude lui pesait, pas plus qu'elle ne voulait se confier sur sa relation adultère, qui faisait écho à celle de Reidun et Piotr.

– Je suis contente que tu sois venue à Oslo passer du temps avec moi et me présenter ta fille ! confia-t-elle à sa sœur, assise sur le banc. Je m'ennuie un peu parfois ici, votre visite me fait tellement plaisir !

Au moment de se coucher, ce soir-là, Reidun repensa à ce que ce matelot lui avait dit et s'endormit avec en tête des rêves d'exotisme… Dès le lendemain, Borghild repartit sur le chemin du travail, laissant sa sœur seule la journée à s'occuper de Mari Irenée. L'après-midi, Reidun profita de ce que la petite ait fini sa sieste pour l'habiller chaudement en lui fredonnant des comptines que Hansine lui chantait souvent, avant de retourner au port revoir ce paquebot si fascinant. Elle voulait se laisser ainsi emporter par les odeurs et l'activité du port, tellement différentes et plus foisonnantes que celle de Namsos. Ce fut à Oslo qu'elle réalisa à quel point la vie ici était à l'opposé de celle des fjords, mais elle ne se laissa pas distraire par l'activité sur le port. Elle n'avait qu'une idée en tête : se rapprocher du *M. V. Tai Yin* et des promesses d'exploration qu'il contenait, comme dans les histoires que lui racontait Bjarne lorsqu'elle était petite.

Arrivée en bas de la passerelle, elle se heurta à l'interdiction formelle de monter à bord pour toute personne ne faisant pas partie de l'équipage. En repartant vers le centre-ville et l'appartement de Borghild, Reidun vit des affiches avec le *M. V. Tai Yin* en photo : c'étaient des affichettes qui annonçaient qu'on recherchait de jeunes hôtesses pour la prochaine traversée. Ce travail, Reidun l'avait déjà exercé à Namsos, sur un bateau de taille et de standing inférieur, mais elle se prit à rêver, jusqu'à ce que Mari Irenée pleure et la ramène à la réalité ; il était temps de rentrer. Ce soir-là, Borghild trouva sa sœur triste et absente. Hansine lui avait bien écrit qu'elle avait été sujette à de nombreux accès de mélancolie après son accouchement et qu'elle n'en était pas totalement guérie. Ces crises pouvaient survenir sans prévenir.

Inquiète pour Reidun, Borghild lui proposa de demander à sa voisine Heda Dahl de s'occuper de Mari Irenée la journée du lendemain afin qu'elle puisse s'aventurer et découvrir Oslo seule. Mme Dahl était veuve et sans enfant elle aussi. La perspective de garder pour la journée la petite Mari Irenée l'enchantait. Le lendemain matin, après la toilette, Reidun déposa sa fille chez la voisine et alla droit vers le port. Elle goûta avec délice à la joie d'être seule et sans contraintes. Elle respira à pleins poumons les odeurs d'iode mêlées à celles du pont du *M. V. Tai Yin*, qui venait d'être savonné entièrement. Sur le quai, elle arpenta toute la longueur du paquebot à plusieurs reprises et ses pensées s'évadaient, tout comme lorsque son frère lui racontait des histoires de Vikings et de découvertes de nouveaux mondes... En poursuivant sa promenade dans l'air marin frais mais revigorant, Reidun se retrouva, comme la veille, devant une affichette d'embauche.

Par curiosité, elle se présenta au bureau de recrutement et se retrouva assise face à un homme qui lui rappela son père, si ce n'était ses mains propres et soignées indiquant qu'il n'avait pas l'habitude, comme Hartvig, de travailler dehors et d'exercer un métier manuel. Ole Moen questionna Reidun sur ses origines, son âge et son éventuelle expérience en tant qu'hôtesse. Il réalisa très rapidement qu'elle correspondait en tout point à ce que Gjurd, le chef du personnel du *M. V. Tai Yin* recherchait : extrêmement jolie, bien faite (la grossesse n'avait laissé aucune trace sur elle) et avec une personnalité extravertie et avenante. Reidun était la personne parfaite pour un paquebot de ce standing. À la fin de leur entretien, Ole lui indiqua qu'elle était embauchée et que le départ était prévu à la fin de la semaine, à l'aube, et que la durée de la traversée pour rejoindre l'Australie était d'un mois et demi. Outre les formalités administratives qu'elle pouvait effectuer au début de la traversée, il lui donna plusieurs feuillets présentant l'Australie et décrivant ce qu'elle allait y trouver sur place. Reidun ne dit rien et sortit, accueillie par l'air frais venant de la mer et les clameurs de la ville.

En marchant le long du port, elle réfléchit à ce qu'elle

venait de vivre, à cet entretien pendant lequel pas une seule seconde elle n'avait pensé à Mari Irenée ni à Borghild, mais pendant lequel elle s'était sentie appelée par le large et ses rêves d'évasion. À l'extérieur, son cerveau continuait de rêver et occultait momentanément les conséquences qu'aurait un tel départ dans les vies de sa fille, sa sœur ou ses parents... Pour le moment, il était presque midi et Reidun avait faim, elle s'assit donc sur un banc, prit le sandwich aux harengs fumés qu'elle s'était confectionné chez Borghild le matin. Puis elle se mit à lire les feuillets donnés par Ole décrivant l'Australie, son histoire et surtout sa faune, son climat et sa flore, l'exotisme de ses espèces. Ces feuillets, très factuels, pas vraiment écrits dans un style propice au rêve, alimentèrent tout de même chez elle son désir de voyager, cette soif d'être constamment en lien avec la mer et la nature.

Au terme d'une journée passée à marcher de long en large dans Oslo, Reidun retourna en fin d'après-midi sur le port avant d'aller chez Borghild. Là, ce ne fut que lorsqu'elle sentit le froid lui piquer les extrémités des doigts qu'elle se résolut à faire demi-tour et à rentrer à l'appartement.

En arrivant dans l'immeuble, elle se rendit chez Mme Dahl et récupéra Mari Irenée, souriante et heureuse. La voisine lui dit avoir été ravie de s'occuper du bébé et répéta à Reidun de ne pas hésiter pendant son séjour à la lui confier une fois encore. Celle-ci resta très évasive auprès de Borghild quant au déroulement de sa journée. Elle lui expliqua avoir arpenté la ville en marchant et passa sous silence son entretien avec M. Moen. Cette journée lui avait fait du bien et Borghild trouvait sa sœur moins triste et absente que la veille. Les jours suivants, Reidun continua, chaque jour après la sieste de Mari Irenée, à se rendre sur le port et à profiter du paysage, des odeurs, des bruits et de la présence du transatlantique. Ses sorties étaient aussi l'occasion pour elle, à chaque pause, de se pencher sur sa petite fille et de lui raconter les merveilleuses histoires de pays lointains, d'expéditions de Vikings et de traditions ancestrales norvégiennes qu'elle connaissait par cœur. La veille de son retour à Namsos, dans sa chambre après le dîner, Borghild se rendit compte qu'elle n'avait pas du tout évoqué avec Reidun le sujet de son avenir avec sa fille ni son son statut de mère célibataire. Elle se fit la promesse de lui en parler dès le lendemain, dernier jour où elle pouvait profiter d'elle et de Mari Irenée avant qu'elles ne repartent pour leur ville natale.

CHAPITRE 26

Le lendemain, Borghild se réveilla et entendit, comme chaque matin depuis que sa sœur était chez elle, les gazouillis et vocalises de Mari Irenée à travers le mur séparant les deux chambres. Le temps de s'habiller et de faire sa toilette, les gazouillis s'étaient transformés en cris stridents et déterminés d'un bébé affamé. Borghild se rappela alors que jeune, lorsqu'elle partageait sa chambre avec ses sœurs, Reidun était celle qui avait le sommeil le plus profond. Elle se décida donc à frapper à sa porte. Ne recevant aucune réponse, Borghild entra. Elle vit d'abord que le lit de Reidun était fait et le couvre-lit parfaitement installé sur le dessus, avec une lettre posée sur l'oreiller. La surprise et l'étonnement de Borghild furent rapidement stoppés par les pleurs impatients de la petite Mari Irenée. Elle s'empressa de la soulever de son couffin, prit la lettre au passage et alla s'installer dans la cuisine, décidée à nourrir le bébé et à boire son café… Une fois Mari Irenée repue, Borghild entreprit de lire la lettre qu'avait laissée sa sœur. Reidun lui expliquait qu'elle lui laissait Mari Irenée seulement pour quelques semaines avant de venir la récupérer. Consciente que Borghild devait travailler, elle lui suggérait, la journée, de la déposer chez Mme Dahl, pour qui l'enfant serait une distraction et une occupation. Entre colère et stupéfaction, Borghild réalisa soudain qu'elle était en retard pour le bureau. Elle s'empressa de rassembler quelques affaires de Mari Irenée et alla frapper à la porte de sa voisine, espérant que celle-ci était déjà debout et d'accord pour s'occuper de l'enfant. Heda était une lève-tôt. Elle s'empressa d'ouvrir à Borghild, et d'accueillir Mari Irenée avec joie. Ce matin-là, Borghild n'avait pas le temps de tout expliquer à sa voisine tant elle était, d'une part, en retard, et d'autre part, sous le coup de la surprise, de l'étonnement et de la colère. Sa sœur était partie on ne savait où exactement, ni pour combien de temps...

Un peu avant l'aube ce matin-là, Reidun s'était levée discrètement, avait rédigé une lettre à l'attention de Borghild, réuni quelques vêtements et effets personnels dans son sac avant d'embrasser sa fille une dernière fois et de courir vers le port pour monter à bord du *M. V. Tai Yin* en partance pour Sydney. Que s'était-il passé dans sa tête cette nuit-là et pour quel motif avait-elle tout laissé tomber, son enfant et sa vie, en partant pour l'Australie ? Elle ne le savait pas elle-même, elle ne se posait pas la question. Pour Reidun, monter à bord ce matin-là était une évidence, comme cela l'avait été la première fois que ses yeux s'étaient posés sur le transatlantique. Fragile psychologiquement depuis la naissance de Mari Irenée, elle occultait ces questions, toute à son excitation de découvrir ce paquebot plus grandiose et luxueux que ceux naviguant dans le fjord autour de Namsos.

Reidun avait été embauchée en tant que stewardess. Elle s'occupait du service des passagers de première classe, ainsi que de l'entretien et du ménage de leur cabine avec Else, rencontrée dès sa montée à bord, et avec qui elle s'entendit immédiatement très bien. Elles se partageaient les tâches et une petite cabine. Les premiers jours, Reidun apprit à se familiariser et à se repérer entre les cuisines, la salle à manger et les cabines de première classe dont Else et elle avaient la charge. Else, qui n'en était pas à sa première traversée, guida Reidun durant ces premiers jours de formation. Gjurd, le chef du personnel, fut rapidement très satisfait de cette nouvelle recrue et apprécia d'avoir dans son équipe une aussi belle jeune femme, dynamique et avenante.

CHAPITRE 27

Lorsque les disputes avec sa femme devinrent trop fréquentes, René prit l'habitude, à compter de ce milieu d'année 1954, de s'échapper chez sa mère. Elle avait deux chambres chez elle, son fils pouvait y dormir quand il le souhaitait, ce qu'il fit de plus en plus régulièrement. Il emmenait également ses enfants déjeuner chez elle, préparait ces jours-là le repas et passait un bon moment avec eux. Renée, Paulo et Claudette étaient ravis de voir leur père détendu et heureux, et ils auraient aimé l'avoir plus souvent auprès d'eux.

En rentrant de Mirredong, après une journée au jardin d'enfants, à la fin de l'hiver, Renée, Paulo et Claudette furent alertés par les cris de Reidun dans la cuisine. Ils se précipitèrent tous les trois et découvrirent leur mère les cheveux défaits, les traits tirés, cherchant dans le garde-manger, ouvrant tous les placards, les vidant avant de retourner dans la cuisine visiblement à la recherche de quelque chose. Les voyant dans l'embrasure de la porte, elle leur lança :

— Où avez-vous caché ma bouteille ? Je sais qu'il m'en restait une ici quelque part et vous l'avez cachée, petits voleurs ! Où est-elle ?

Surpris et décontenancés par les propos furieux de leur mère, les trois enfants n'avaient rien à répondre et s'avancèrent discrètement vers l'escalier afin d'être en sécurité dans leur chambre. Mais Reidun ne leur en laissa pas le temps :

— Allez, montez dans la voiture tout de suite, on va

arranger ça !

Renée, Paulo et Claudette n'osaient pas la contredire et montèrent à l'arrière de la voiture de leur mère qui les emmena jusqu'au *Oaks*.

L'entrée des pubs étant interdite aux enfants, Reidun les laissa seuls et s'engouffra au *Oaks* sans arrière-pensées. Elle croisa les regards de quelques habitués à qui elle adressa un sourire avant d'aller directement voir Michael au bar. Elle commença à lui dire qu'elle voulait qu'il lui vende une bouteille. Dans sa précipitation à quitter sa maison pour se rendre au pub, Reidun avait oublié son sac, aussi lui promit-elle de revenir le lendemain pour payer. Michael accepta, certain que Reidun tiendrait sa promesse. Au moment où il partit dans l'arrière-salle chercher une bouteille neuve, les habitués du pub s'agglutinèrent autour des fenêtres. La voiture de Reidun était en feu, à l'extérieur. Alertée par la rumeur, la jeune femme sortit sur le trottoir.

Pendant que leur mère discutait avec le barman, les trois enfants avaient eu froid, à attendre dans la voiture. La fraîcheur de cette fin de journée d'hiver était tombée et ils étaient tous les trois bras nus. Paulo, qui n'était jamais à court d'idées, avait déniché de vieux numéros de *Women's Weekly* de sa mère, et trouvé des allumettes dans la boîte à gants. Sur la banquette arrière de la Chevrolet, il avait allumé un feu dans l'intention de les réchauffer tous les trois...

Le feu avait pris vite, provoquant beaucoup de fumée, et Paulo et ses sœurs, apeurés, sortirent précipitamment du véhicule, au moment où Reidun les rejoignit. Avant que la voiture ne s'embrase, elle attrapa Renée par le bras, Paulo par le poignet et les éloigna. Claudette tenait très fermement la main de Renée depuis leur descente de la voiture.

Michael les fit entrer tous les quatre à l'intérieur du pub

et un habitué proposa de les raccompagner chez eux. À peine rentrés à la maison, Reidun envoya ses enfants dans leur chambre sans un mot, avant de s'enfermer dans la sienne avec sa bouteille de whisky.

– Filez vous coucher, je ne veux plus vous voir maintenant, montez dans votre chambre !

Quelques minutes s'écoulèrent avant que le trio ne descende tout doucement à la cuisine pour se trouver à dîner. C'est en allant dans le garde-manger qu'ils trouvèrent par hasard la bouteille de whisky que cherchait Reidun. Elle avait dû rouler sous un meuble. Paulo proposa qu'ils la vident dans l'évier, mais Renée craignait les foudres de Reidun si elle s'en apercevait... Claudette, qui cherchait encore à faire plaisir à sa mère, déclara :

– C'est la bouteille de Mummy, et elle y tient beaucoup, laisse-la sur la table de la cuisine, Paulo ! Ce qu'il fit de crainte que leur mère ne les gifle tous les trois. Les gifles étaient fréquentes avec Reidun, particulièrement si elle était sous l'emprise de l'alcool. Les trois enfants avaient appris à courir vite pour éviter ses foudres !

Malgré les tensions dans leur couple, Reidun réussit à convaincre René de lui racheter rapidement une voiture neuve. Elle menaça les enfants pour qu'ils ne lui racontent pas toutes les circonstances de l'accident. Elle venait d'avoir trente-cinq ans et consumait sa vie.

Peu de temps après, Renée eut huit ans, puis ce fut l'anniversaire de Paulo qui en eut quatre. Leur père étant en déplacement, leur mère ne se souvint bien entendu pas de leur anniversaire, qui heureusement fut fêté ces jours-là à Mirredong. René se rattrapa à son retour de voyage en emmenant les enfants manger au *Romano's* où tous les quatre passèrent un bon moment, sans évoquer l'absence de Reidun qui, ce soir-là, alors que toute sa famille était au restaurant, traînait au *Oaks* avec Samuel qu'elle n'avait pas vu depuis longtemps...

Robyn et Tim renouent à cette période avec les Dutriez en les invitant à passer Noël chez eux.

Même si Robyn ne comprenait pas l'absence d'amour maternel de son amie et constatait avec tristesse sa consommation excessive d'alcool, la femme enjouée et drôle qu'était Reidun lui manquait. Les deux amies ne s'étaient pas vues depuis presque deux ans, mais elles furent heureuses de se retrouver. Cette soirée fut l'occasion pour elles de s'émerveiller sur la façon dont les enfants grandissaient et de discuter mode et maquillage, pendant que leurs maris échangeaient autour de l'indépendance du Laos et de la réussite de la première greffe de reins au monde.

Depuis que Robyn était enceinte de leur troisième enfant, Tim et elle avaient embauché une jeune femme prénommée Nina. Ce soir-là, celle-ci s'occupa avec beaucoup de patience des cinq enfants, comme jadis l'avait fait Mia.

À Namsos, malgré toutes ces années, Hansine et Hartvig s'inquiétaient toujours de la disparition de Reidun : Avertie de son départ soudain par un courrier de Borghild, Hansine avait immédiatement eu un mauvais pressentiment, elle connaissait Reidun. Depuis toute petite, celle-ci était attirée par la mer et les voyages et rêvait de partir en bateau à l'aventure avec Bjarne. Où avait-elle pu bien partir ? Le port d'Oslo était trop grand pour que Borghild puisse la retrouver, et même si Hartvig la rassurait, persuadé que Reidun reviendrait à Namsos, Hansine pensait régulièrement à sa fille et craignait de ne plus jamais avoir de ses nouvelles.

L'année 1955 commença par une période de fortes chaleurs, les températures grimpaient jusqu'à 36,5 degrés. Reidun partait alors tôt le matin, avant que ses enfants ne se réveillent, pour aller nager à la piscine McCallum, et à son retour, ils étaient déjà partis seuls pour Mirredong…

À l'école, Renée multipliait les félicitations et encouragements de ses professeurs. Douée en anglais et en français, elle se voyait bien devenir institutrice plus tard. Paul rêvait déjà de devenir explorateur et de voyager dans le monde, alors que Claudette, la plus jeune, se contentait des activités manuelles proposées par ses professeurs, avec une nette préférence pour les ateliers cuisine adaptés à son âge, probablement l'héritage d'une prédisposition paternelle…

Seule chez elle, Reidun entretenait son jardin, entre deux rasades de whisky dont elle avait caché une bouteille au pied d'un arbre. Elle aimait discuter de la Norvège avec son frangipanier et son hibiscus.

— J'aimerais faire comme René : partir en voyage, puis revenir. J'irais alors à Namsos voir ma famille qui me manque tellement. Je pourrais embrasser tout le monde et décrire ma vie à Sydney, je parlerais de vous évidemment, des piscines d'eau de mer et de la douceur du climat…

Dans l'intimité de son jardin, la jeune femme pouvait librement évoquer son pays sans ressentir de la mélancolie. À l'abri des regards, elle se remémorait sa jeunesse passée au bord des fjords. Elle continuait également de nager, ce qui lui permettait de garder un physique athlétique. Au début de cette année, Reidun avait de temps en temps des nausées accompagnées d'une sensation de fatigue, d'une perte d'énergie et un manque d'appétit. Ses symptômes ne l'inquiétaient pas beaucoup et, même si elle dormait encore plus qu'avant, elle mettait cela sur le compte de la chaleur qui persistait, bien que ce soit le début de l'automne.

Ayant décidé de ne pas écouter son corps, elle continuait de vivre sa vie au gré de ses envies, en buvant du whisky, en passant du bon temps avec ses amants, et en provoquant son mari avec des reproches incessants sur ses nombreuses absences.

René avait d'ailleurs pris le parti de ne plus répondre aux attaques de sa femme concernant ses voyages professionnels. Lorsqu'il sentait en rentrant chez eux et qu'elle était d'humeur à lui faire des reproches, il prenait les enfants et allait chez Granny, toujours heureuse de voir son fils et de l'accueillir. Il avait même laissé dans la deuxième chambre de l'appartement, des vêtements de rechange lui permettant, s'il le souhaitait, de dormir chez elle certains soirs. Il prenait alors la peine d'emmener les enfants dormir dans leur lit de Bogota Avenue, l'appartement de Granny étant trop petit pour les recevoir tous pour la nuit... Un peu plus tard cette année-là, lorsque René fut de plus en plus souvent chez elle, Granny lui suggéra qu'il serait peut-être plus raisonnable, et préférable pour tous, qu'il envisage de quitter Reidun.

René était un homme très croyant, qui accordait beaucoup d'importance au respect et à l'honneur. La première fois où Granny lui en parla, il se braqua et lui répondit qu'il n'en était pas question. Il avait pris un engagement en épousant Reidun, et il était inimaginable pour lui de le renier, d'autant qu'ils avaient trois enfants. René préférait encore, au milieu de l'année 1955, se voiler la face en restant marié pour, selon lui, le bien des enfants, alors qu'il quittait régulièrement leur maison pour se rendre chez sa mère et échapper aux foudres de sa femme. Elle était désormais capable de devenir hystérique quand elle avait trop bu. Alors même que ses reproches le blessaient, il tentait au maximum de temporiser en lui demandant de respecter son travail, qui il était, comme il le faisait lui-même à son égard.

Les quelques fois où il dormait encore chez lui, il constatait que les cauchemars de Reidun se multipliaient et devenaient de plus en plus intenses. Elle avait un sommeil agité, pendant lequel elle criait souvent « Mari Irenée !, Borghild ! », et plus rarement désormais, les prénoms de ses parents ou celui de Piotr...

René ne la questionnait plus car, il le savait, elle lui aurait opposé un mutisme en balayant de la main ses questions. Réveillée en sueur dans le noir, terrassée par ses cauchemars dans lesquels elle voyait ses fantômes de Norvège, Reidun se doutait qu'elle avait crié en dormant car René était souvent debout dans la chambre. Il ne cherchait même plus à la rassurer ; il attendait patiemment qu'elle sorte de ses terreurs nocturnes.

Les lendemains de ses nuits de cauchemars, elle allait puiser du réconfort et de la force dans son jardin et sur ses plages préférées...

À plus de seize mille kilomètres de là, Bjarne se demandait souvent où avait pu passer Reidun. Il n'avait pas été étonné quand ses parents lui avaient annoncé qu'elle avait laissé Mari Irenée chez Borghild et était partie sans dire où elle allait... Après son accouchement, elle n'avait plus été la même. Il l'avait plusieurs fois surprise assise sur la jetée du port de Namsos, les yeux rivés vers le large. Elle s'était fréquemment jetée dans ses bras en pleurs juste après avoir allaité sa fille. Il se demandait si toutes les histoires qu'il lui avait racontées depuis toute petite ne l'avaient pas trop influencée. Bjarne espérait que, où qu'elle soit, elle était en sécurité et qu'il la reverrait un jour. Il aurait tellement aimé lui présenter sa femme et ses neuf enfants. De ses dix frères et sœurs, c'était avec Reidun qu'il avait ses plus beaux souvenirs d'enfance...

CHAPITRE 28

Petit à petit, René constata qu'il avait beau être marié depuis neuf ans avec Reidun, une partie de son histoire restait toujours un grand mystère pour lui. Et les cauchemars de sa femme étaient directement liés à sa vie en Norvège, il en était convaincu. Ses nuits agitées étaient la preuve que son passé abritait un secret qu'elle taisait. René chercha à en savoir plus auprès de Robyn à qui, il l'espérait, Reidun s'était confiée, mais elle n'était au courant de rien. Il en vint à la conclusion que, quoiqu'il soit arrivé à Namsos, ce devait être suffisamment grave pour que presque dix ans plus tard, cela continue de hanter sa femme. Malgré son amour pour son mari, Reidun n'avait jamais osé parler de Mari Irenée... Et plus le temps était passé, moins elle pouvait le faire... Désormais, la gravité de son acte et ses répercussions l'empêchaient de s'en ouvrir à qui que ce soit d'autre que ses fleurs...

Vers le mois de juin, René eut moins de déplacements, car c'était l'hiver austral. En passant plus de temps chez lui, il partageait le quotidien de ses enfants, ce qui le ravissait, mais aussi celui de sa femme. Cela lui permit de l'observer et finalement de faire le constat que la situation ne pouvait plus durer. Il prit enfin pleinement conscience de la consommation excessive de whisky de Reidun, tombant au hasard de ses allées et venues dans la maison sur des bouteilles cachées dans le garde-manger, dans le garage ou sous leur lit... À cela s'ajoutait sa parfaite négligence envers leurs trois enfants, qui lui sautait encore plus aux yeux depuis le départ de Mia. Elle ne s'inquiétait jamais de savoir s'ils partaient à l'école le ventre plein, s'ils avaient faim le soir en rentrant ou s'ils avaient pris un bain avant d'aller se coucher… Quelle mère était-elle donc ?

Il la suivit aussi jusqu'au *Oaks* et la vit discuter avec le barman avant de monter dans une chambre avec un grand blond musclé, qui, il se doutait bien, était son amant.

L'accumulation de ces éléments au fil des semaines, les disputes incessantes avec elle, ajoutées aux remarques cinglantes de Granny concernant sa relation de couple l'amenèrent progressivement à un constat d'échec. À quarante-neuf ans, et après neuf années de mariage, la belle histoire d'amour qu'il avait vécue avec la jolie stewardess norvégienne était bel et bien finie… Aussi, il estima qu'il lui fallait protéger ses enfants étant donné l'incapacité de Reidun à s'en occuper et à les aimer. Ce constat était tout à la fois douloureux et libérateur. Il s'était voilé la face en croyant pouvoir l'aider à guérir de sa mélancolie, en la gâtant, en lui accordant son respect et sa compréhension, et il réalisait que ses enfants avaient davantage besoin d'un cadre de vie rassurant et protecteur que de l'image d'un couple donnant l'illusion du bonheur.

Et pourtant, à sa façon, Reidun aimait ses enfants… Il lui arrivait de les regarder et de voir dans Renée sa sœur Pauline, alors que Paulo lui faisait penser à Bjarne et qu'elle reconnaissait Synnove en Claudette… Ses trois petites têtes blondes ne pouvaient renier leurs origines norvégiennes et, par-là, leur lien avec elle, même si elle se sentait incapable de leur dévoiler un peu son cœur comme elle avait pu le faire pour Mari Irenée. À compter du jour où elle avait abandonné sa fille en Norvège, elle y avait aussi laissé toute possibilité d'aimer un autre enfant de manière inconditionnelle. Alors que René ouvrait les yeux sur l'état désastreux de leur mariage et prenait les décisions qui s'imposaient à lui, Reidun n'avait absolument pas conscience de l'avancée de ses réflexions. Et paradoxalement, elle qui se plaignait de ses nombreuses absences, quand il était là, rien ne l'empêchait de vaquer à ses occupations selon ses envies, comme s'il était absent…

Une fois qu'il eut réalisé qu'il fallait mettre un terme à son mariage, René alla dans le centre de Sydney consulter Philip Parker, un avocat en droit de la famille. Il souhaitait réussir leur séparation afin de préserver au maximum leurs enfants. En homme droit et intègre, il voulait par-dessus tout protéger Reidun afin qu'elle ne manque de rien. À cette époque-là, le divorce n'était pas si courant et les demandes émanaient principalement de l'épouse. Il fallait, pour établir une demande de divorce, prouver que le conjoint avait, soit déserté le domicile, soit commis des actes d'adultère ou des actes de cruauté. Une fois les preuves réunies, c'était alors la Cour suprême de Nouvelle Galle du Sud qui jugeait la demande. Cependant, René avait pris sa décision et était déterminé à aller jusqu'au bout…

Le temps que l'ensemble des éléments à apporter au dossier soit réuni, le traitement des procédures de divorce pouvait être long. Mais René était décidé à protéger ses enfants, peu importe le temps qu'il faudrait attendre. Et, en août 1955, il invita sa femme à dîner au *Romano's*. Pour l'occasion, elle revêtit une très belle robe rouge qu'elle assortit avec des chaussures à hauts talons de la même couleur.

René avait demandé à Granny de venir chez eux garder les enfants pendant leur absence, ce qu'elle fit avec plaisir. Il nota, à leur entrée au restaurant, que l'on se retournait encore sur Reidun, le temps n'avait pas encore eu de prise sur elle. Ces regards indifféraient Reidun profondément. D'ailleurs, elle ne savait pas bien pourquoi elle était là.

Au cours du dîner, son mari lui expliqua qu'il souhaitait

divorcer, compte tenu de l'état exécrable de leur relation et de son incapacité à s'occuper convenablement de leurs enfants. Par respect pour elle, il ne mentionna ni sa surconsommation d'alcool, ni ses amants. Reidun n'émit aucune objection et le laissa parler...

René avait décidé qu'en septembre, il emménagerait chez sa mère et il avait prévu que les enfants iraient dès le mois de janvier 1956 en pension. Il la rassura sur le fait qu'il veillerait à ce que financièrement elle n'ait aucun souci, et lui permettait même de conserver la maison de Bogota Avenue.

Telle une enfant, Reidun laissait René prendre les devants et lui imposer ses idées. Elle avait conscience de ce que son mari lui disait, mais ses paroles ne semblaient pas l'atteindre. La seule chose à laquelle elle pensait ce soir-là était que tant qu'elle pouvait continuer à vivre sa vie comme elle l'entendait, René pouvait prendre toutes les décisions qu'il souhaitait. Elle avait bu dans sa chambre avant de partir pour le restaurant et déjà sous l'emprise de l'alcool, elle n'était pas en pleine possession de ses moyens pour réfléchir avec lucidité.

Dans les jours qui suivirent ce dîner, René emmena ses enfants dîner au restaurant chinois afin de leur expliquer tout ce qui allait changer dans leur vie. Ce qu'ils retinrent surtout fut leur départ prochain pour le pensionnat. Ceci marquait la fin d'une belle époque pour eux. Une époque de liberté où ils pouvaient aller et rentrer tous les trois à pied de Mirredong. Ils aimaient beaucoup le jardin d'enfants et l'école, dont tout l'enseignement était tourné vers la nature.

— Je sais que ces changements vont être difficiles pour vous trois, mais je vous promets que vous en serez plus heureux. Votre maman et moi ne pouvons pas continuer à nous disputer devant vous éternellement. Et puis les écoles où je vous ai inscrits sont parmi les meilleures de

Sydney. Ne vous inquiétez pas, le week-end, soit Mummy, soit Granny et moi, viendrons vous récupérer !

L'annonce de la séparation de leurs parents ne les affecta pas comme René le craignait, ce qui fut un soulagement pour lui. Tous trois étaient trop jeunes pour en mesurer les conséquences et l'impact sur leur vie. D'autant qu'après ce dîner au restaurant et pendant les trois mois qui suivirent, rien n'évolua véritablement : leur Daddy était beaucoup en déplacement, et ils allaient toujours à Mirredong. Lorsqu'ils rentraient à la maison, soit leur mère était dans sa chambre à boire du whisky, soit elle était au *Oaks* avec l'un de ses amants, mais ça, ils ne le savaient pas !

CHAPITRE 29

Concernant le sujet de ses amants, Samuel étant de moins en moins disponible, Reidun trouva parmi les habitués du *Oaks* un nouvel homme plus jeune qu'elle et pour qui la partager avec Shane ne posait pas de problème. Jason, qui avait trente ans, se sentait flatté qu'une aussi belle femme ait jeté son dévolu sur lui.

René ayant emménagé chez sa mère, Reidun était libre d'inviter qui elle voulait chez elle, et ce, même si ses enfants pouvaient être amenés à le croiser. Renée, Paulo et Claudette étaient totalement indifférents à la présence d'autres hommes que leur père chez eux. La plupart du temps, l'homme restait enfermé dans la chambre de Mummy et ils s'apercevaient à peine. Jason prit le temps, un matin, de leur préparer des œufs avant qu'ils ne partent tous les trois à l'école, ce qui les ravit d'autant plus qu'ils n'avaient rien demandé, peu habitués à ce qu'on s'occupe d'eux.

À la fin du printemps, l'avocat Philip Parker réussit à avoir une audience devant le juge, qui acta la séparation de biens et de corps des deux époux Dutriez. La garde des enfants, comme c'était courant à l'époque, était donnée à Reidun, mais René comptait bien négocier avec sa femme afin de voir ses enfants au maximum, et il savait que ce ne serait pas difficile. Reidun ne marqua d'ailleurs aucune émotion particulière à l'annonce du jugement, trop pressée d'en finir avec l'audience.

Lorsque Robyn vint à Bogota Avenue rendre visite à Reidun à la fin de l'année, elle fut horrifiée pour son amie d'apprendre leur séparation. En catholique pratiquante, il était inconcevable pour elle de divorcer, encore moins d'envisager que la décision vienne de René. Soulagée de voir que Reidun vivait cela plutôt bien, elle n'en restait pas moins inquiète pour son amie. Au retour de Tim ce soir-là, elle lui fit part de son inquiétude et lui annonça qu'il n'y aurait désormais plus de fêtes de Noël avec les Dutriez.

— René et Reidun se sont séparés, confia-t-elle à son mari ce soir-là. René a quitté leur maison et s'est installé chez sa mère. Reidun reste à Bogota Avenue. Je l'ai trouvée un peu amaigrie, et elle avait les traits tirés, certainement à cause du stress lié à sa situation. Quel dommage, nous avons passé de si joyeuses fêtes de fin d'année ensemble !

— Ce n'est pas comme si ton amie était morte, tu pourras toujours aller la voir, ou elle viendra à la maison. Mais je suis triste à l'idée de ne plus voir René et de disserter avec lui des événements de ce monde, de nos métiers..., lui répondit Tim, affligé par la nouvelle.

La séparation du couple Dutriez affecta encore plus Cathy ; elle-même vivait depuis plusieurs années dans la crainte que Jack ne la quitte et, le départ de René de Bogota Avenue la conforta dans l'idée que cela pouvait également lui arriver. Par superstition, Cathy préféra s'éloigner de Reidun, comme si son amie pouvait être contagieuse...

Noël fut étrange pour Renée, Paulo et Claudette. Ils le fêtèrent avec leur père chez Granny, puis rentrèrent dormir chez leur mère. René prit soin de les border dans leur lit à Bogota Avenue, avant de retourner dormir chez sa mère. Reidun n'avait de son côté rien prévu de spécial, mais Shane trouvait important qu'avec des enfants, Noël soit fêté. Il ne savait pas cuisiner, pas plus que Reidun, aussi les enfants mangèrent-ils du *corned-beef* sur des tranches de pain de mie le 25 décembre... Ils s'en contentèrent alors que la veille, leur Daddy avait, chez leur grand-mère, préparé une magnifique dinde farcie suivie d'une pavlova aux fraises et aux mangues. Être avec leur mère à Noël était déjà un beau cadeau.

Dès le début du mois de janvier 1956, les enfants partirent donc en pension. René avait choisi d'inscrire sa fille aînée au pensionnat Loreto dans le quartier de Normanhurst, qui avait une réputation élitiste et un enseignement de grande qualité. Claudette ne pouvait y être avec elle, car il n'y avait pas de jardin d'enfants. Il l'avait donc inscrite à The Tower Woolwich, sur Hunter's Hill. Les pensionnats n'étant pas mixtes à cette époque, Paulo alla à St John Baptist's Preparatory School sur Hunters Hill aussi, dont le slogan était : « Veritas and Honor ».

Le passage de Mirredong au pensionnat avait des aspects agréables et des côtés difficiles : le trio pouvait enfin manger chaque jour à sa faim, ce qui contribua à les remplumer un peu, même si les plats n'étaient jamais aussi bons que ceux que leur préparait leur père. Cela leur permit aussi de rencontrer d'autres enfants de leur âge et de se faire des amis. Renée appréciait particulièrement de ne plus avoir tous les jours la responsabilité de son frère et de sa petite sœur, alors que Claudette regrettait le temps où ils étaient tous les trois et où sa grande sœur leur racontait de fabuleuses histoires.

Paulo, petit garçon chahuteur, se fit vite remarquer par ses professeurs et les surveillants. C'est lui qui organisa une petite mutinerie dans le dortoir des garçons, et il se serait vite fait renvoyer si René n'était pas intervenu. Tous trois étaient dans un pensionnat catholique et devaient assister, tous les dimanches midi, à la messe avant de pouvoir sortir de leur pension qu'ils devaient réintégrer le même jour à dix-sept heures. Les semaines étaient longues et chargées pour eux qui avaient jusqu'à présent été le plus souvent libres et livrés à eux-mêmes.

Renée sympathisa rapidement avec Kristen, d'origine indienne, dont le lit était voisin du sien et qui, comme elle, était studieuse et d'un tempérament calme. Tenu par des novices assez jeunes, le pensionnat pour filles de Loreto était agréable. Celles-ci prenaient plaisir à jouer avec les pensionnaires et ne les obligeaient pas à une discipline trop sévère. Le soir, les novices organisaient des jeux de société à l'issue desquels les jeunes filles pouvaient gagner une image pieuse ou une boule de neige animée. Renée en gagna une et la garda précieusement dans son armoire du dortoir afin d'être certaine que ni son frère, ni sa sœur ne la lui abîme si elle la ramenait à la maison.

Quant à Claudette, elle qui avait toujours grandi dans l'ombre rassurante de ses aînés, elle se lia d'amitié avec une fille de sa classe prénommée Isabelle. À la Tower Woolwich, elle apprit à nager parfaitement dans la piscine rocheuse d'eau de mer en bas de la colline sur laquelle le pensionnat avait été construit. Très tôt initiée par sa mère à évoluer dans l'eau, la fillette n'eut aucune difficulté à progresser vite. Paulo, alors à peine âgé de cinq ans, eut du mal à s'acclimater à sa nouvelle école primaire catholique. La discipline exigée par les curés était dure et souvent inflexible pour ce petit garçon turbulent et curieux. Il attendait avec impatience le dimanche midi pour sortir de St John Baptist's.

Lorsqu'il n'était pas en déplacement, René venait accompagné de Granny récupérer d'abord Renée à Loreto, puis Claudette à The Tower, avant de passer chercher Paulo... Ils partaient alors à la plage jusqu'à dix-sept heures avant que leur père et leur grand-mère les raccompagnent dans leurs pensionnats respectifs.

Au cours d'un dimanche après-midi à Manly Beach, Renée, Paulo et Claudette venaient de se baigner lorsqu'ils furent intrigués par deux hommes assis sur des sièges en train de pêcher sur le quai. Curieux et intéressés, les enfants allèrent tous les trois s'asseoir à même le quai à côté des pêcheurs et leur demandèrent comment il fallait faire pour pêcher. Les deux hommes expliquèrent avec amusement et patience le principe au trio, qui, fasciné et subjugué, était impatient de voir un poisson remonter de l'océan.

Lorsque au bout d'un long moment, ils retournèrent voir leur père et Granny, ils s'étaient tous trois mis en tête de pêcher à leur tour. Heureux et surpris, René accepta d'acheter à Manly une canne à pêche et des appâts. Ceci devint leur rituel du dimanche après-midi. René laissait la canne à pêche dans le coffre de la voiture et, lorsqu'il les récupérait en pension, ils partaient avec Granny pêcher ou se baigner avant de retourner à l'école.

Lorsque leur père était en déplacement, c'était Reidun, quand elle se rappelait qu'elle avait des enfants, qui venait les chercher. Il arrivait donc régulièrement que Renée, Paul et Claudette passent le week-end au pensionnat…

La séparation avec René ne changeait rien pour Reidun. Il lui arrivait fréquemment d'appeler ses enfants à travers la maison ou le jardin, pour qu'ils lui apportent une bouteille, lui brossent les cheveux ou chantent une chanson… Lorsqu'elle réalisait qu'ils n'étaient pas là, elle pouvait être prise d'un chagrin intense, alors même qu'elle n'avait jamais été une mère attentive ni présente. Et elle réalisait alors qu'elle leur était attachée.

Suite à un de ces épisodes de tristesse, un dimanche du mois de mars 1956, Reidun se rendit d'abord au pensionnat Loreto en taxi pour récupérer Renée, déjà fortement alcoolisée alors qu'il n'était que onze heures du matin. La fillette refusa obstinément de monter en voiture avec sa mère. Reidun fit un esclandre sur le parking, exigeant que Renée la suive. Honteuse de son état d'ébriété et de la scène que faisait sa mère devant les autres parents venus chercher ses camarades, Renée tint tête et se réfugia dans l'enceinte de Loreto, bien décidée à ne pas repartir avec elle. Dépitée et en colère, Reidun s'en alla sans sa fille aînée, et se rendit à The Tower afin de récupérer Claudette puis Paulo. Ne voyant pas leur sœur aînée dans le taxi alors que leur père récupérait toujours Renée en premier, et, ayant compris à sa voix que leur mère avait déjà trop bu, les deux enfants refusèrent également de monter avec elle. Furieuse, Reidun se rendit directement au *Oaks* afin de noyer l'affront de ses enfants. Elle s'en ouvrit à Michael qui la rassura, certain que leur réaction était celle d'enfants bouleversés par la séparation de leurs parents.

– Tu te rends compte ? J'étais allée les chercher pour qu'ils passent leur journée à la maison, mais aucun des trois n'a voulu me suivre ! Je suis sûre que c'est la faute de René. Je ne sais pas ce qu'il leur a dit, mais ça ne se passera pas comme ça la prochaine fois, je peux te l'assurer !

– Ne t'inquiète pas, ils sont seulement désorientés, ça leur change la vie le pensionnat, laisse-leur le temps de s'habituer et ils rentreront chez toi avec joie !

Au mois d'avril 1956, alors que René était parti avec sa mère faire la tournée des pensionnats, Reidun prit un taxi et les deux ex-époux se retrouvèrent au même moment sur le parking de Loreto.

– Rentre à la maison, je m'occupe des enfants, tu les auras bientôt. Ils vont rentrer pour les vacances ! lui ordonna sèchement René.

– Il n'en est pas question, je veux les voir. Ils ont refusé tous les trois de venir avec moi récemment alors que je suis leur mère. Je suis certaine que c'est de ta faute. Je les prends aujourd'hui, c'est comme ça ! répondit-elle.

Renée était sortie de l'église et assistait médusée à la dispute de ses parents. Effrayée et désireuse plus que tout d'être en sécurité, elle courut se cacher et refusa cette fois de partir avec l'un de ses deux parents. Par la suite, chaque dimanche, à la fin de la messe, Renée jetait un coup d'œil sur le parking devant l'église, et si elle apercevait la voiture de Daddy et un taxi susceptible de contenir sa mère, elle courait dans la cour de récréation du pensionnat, décidée à rester le week-end sur place. Renée voulait à tout prix éviter que ses parents ne s'empoignent et pour l'éviter, il lui arrivait de passer un mois entier à Loreto sans sortir. Renée n'était de toute façon pas la seule à rester le week-end en pension. Son amie Kristen ainsi qu'Olivia, d'origine canadienne, passaient presque tous leurs week-ends à Loreto, leurs parents ne vivant à Sydney qu'une partie de l'année.

C'est au cours d'un de ces tristes week-ends que Renée prêta à Kristen le premier tome de l'encyclopédie des douze que Daddy lui avait offerte. Elle était dédiée aux douze apôtres de Jésus. Ce cadeau n'avait pas réjoui Renée sur le moment, mais elle y tenait beaucoup, comme à tous les cadeaux que lui faisait son père.

– Je te le prête, mais s'il te plaît, n'oublie pas de me le rendre dès que tu auras terminé ta lecture, avait-elle insisté auprès de son amie.

CHAPITRE 30

Pendant les vacances scolaires, comme l'avait dit René à son ex-femme, les trois petits Dutriez rentrèrent à Bogota Avenue. Reidun ne s'occupa pas pour autant plus d'eux, mais ils étaient de leur côté très contents de se retrouver et d'être ensemble. Il leur arriva pendant ces vacances de voler un peu d'argent dans le porte-monnaie de leur maman pour aller s'acheter des bonbons chez le marchand installé sur le Old Cremorne Ferry Wharf, où ils pêchaient à tour de rôle avec la canne à pêche achetée par leur père.

Ce fut Paulo qui eut l'idée de fabriquer lui-même deux autres cannes à pêche avec des bâtons et du fil. Ils se disputaient parfois pour savoir qui aurait la canne en premier et pour instaurer des tours de rôle. Grâce à l'ingéniosité de Paul, ils eurent désormais chacun la leur et, à défaut de poissons qu'ils n'attrapaient jamais, ils s'amusaient à récupérer au bout de leurs hameçons les papiers ou sachets flottant le long du quai. Ils emplirent, pendant ces vacances, la maison de Bogota Avenue de leurs rires et de leur joie de se retrouver.

René essayait d'organiser ses déplacements selon les vacances scolaires afin de pouvoir passer le plus de temps possible avec ses trois enfants. Il les emmenait alors manger au restaurant, se baigner ou pêcher afin de compenser ses absences et le peu d'intérêt que leur portait leur mère. Reidun, de son côté, continuait de vivre comme bon lui semblait, que ses enfants soient là ou non. Elle voyait ses amants ou ses amies, partait marcher ou nager, jardinait beaucoup et noyait ses accès de chagrin dans le whisky. Elle sentait qu'elle avait maigri, que ses douleurs au ventre revenaient plus fréquemment et qu'elle avait encore un peu plus perdu l'appétit, mais ses symptômes ne l'inquiétaient guère, tout au plus se lamentait-elle de devoir mettre une ceinture afin que ses beaux pantalons tombent de façon seyante.

À cette période, Reidun se sentait plutôt bien et n'avait pas eu trop de vague à l'âme. C'était essentiellement lorsqu'elle voyait ses enfants qu'elle était la plus fragile et la plus sensible, prête à baisser la garde. Elle retrouvait dans leurs visages et leurs expressions ses parents, ses frères et sœurs… Il s'était déjà passé dix ans depuis son départ.

Renée, Paul et Claudette devaient dans ces moments-là faire face à leur mère qui les observait, les scrutait, leur parlait et les questionnait, comme si elle s'adressait à sa famille et non à eux. Toujours prompts à vouloir lui faire plaisir, ils prenaient le temps pour elle et attendaient que ce qu'ils croyaient être un accès d'intérêt pour eux lui passe. Ils étaient loin d'imaginer le conflit intérieur que vivait Reidun, lorsque son inconscient mélangeait ses fantômes norvégiens à ses enfants bien vivants !

Quand ses souvenirs et ses enfants se superposaient, Reidun s'enfermait dans sa chambre et noyait son désarroi dans le whisky. Elle réussissait au prix de nombreux tourments à mater ses idées noires. Le 7 août 1956, on fêtait son anniversaire, suivi de celui de ses trois enfants. Pour ses trente-sept ans, Renée, Paulo et Claudette étaient en pension. Reidun se chanta à elle-même un « happy birthday » en cuvant ce qu'elle avait bu la veille au *Oaks* avec Shane. Elle se rendormit profondément, sans aucune attente particulière pour cette journée…

Pour les anniversaires de Renée, qui fêtait ses neuf ans, Paulo, ses six ans, et Claudette, ses cinq ans, leur père s'était arrangé pour être à Sydney et, comme c'était devenu une tradition, il les emmena tous trois dîner dans le quartier de Chinatown et déguster le fameux porc au caramel, dont ils raffolaient.

Ils savaient qu'il y avait peu de chances qu'ils fêtent quoi que ce soit avec leur mère, celle-ci ayant probablement oublié leur date d'anniversaire… Et de fait, que ce soit le 9 août, le 21 août ou le 21 septembre, Reidun n'était pas à la maison. Le trio improvisa alors une petite fête pour celui dont c'était l'anniversaire.

Cela faisait longtemps que les Russel ne laissaient plus de plat avec leurs restes entre la haie. Ils savaient que les enfants étaient désormais en pension et ils ne les apercevaient plus que pendant les vacances scolaires. Aussi allèrent-ils eux-mêmes pour l'occasion, avec de avec de l'argent pris dans le porte-monnaie de Reidun, s'acheter du *corned-beef* et du pain en tranches. Ce petit festin leur rappela des souvenirs d'avant le pensionnat.

Puis les fêtes de fin d'année se passèrent avec leur père et leur grand-mère. Les enfants ne savaient même pas où était Reidun. Au *Oaks* ou dans sa chambre ? Leur unique préoccupation était de ne pas déranger leur mère, au risque de s'attirer ses foudres. Ils avaient appris à se faire discrets et à se cacher quand il le fallait…

Le mois de décembre était la période des vacances d'été à Sydney. Renée, Paulo et Claudette en profitèrent pour passer du temps ensemble, pour aller pêcher sur le quai de Cremorne face aux allées et venues des ferries, ou pour aller se baigner et se rafraîchir à la piscine McCallum… Renée ayant un tempérament indépendant, elle avait besoin aussi d'échapper à son frère et à sa sœur, perpétuellement en demande de jeux et d'occupations. Habituée à Loreto à pouvoir s'isoler quand elle le souhaitait, Renée eut du mal, à Bogota Avenue, à les tenir à distance alors qu'elle ne souhaitait qu'une chose : pouvoir lire en paix le nouveau livre que son père lui avait offert à Noël sur les favorites du Roi Soleil. Le jardin et la maison n'offraient pas suffisamment de cachettes que Paulo et Claudette ne connaissaient déjà, aussi se résolut-elle à lire tranquillement en s'installant sur les marches devant la maison. Là, personne ne la chercha et Renée put, en paix, lire et s'évader un peu avant de retourner auprès de son frère et sa soeur et de participer à leurs jeux. Les vacances se terminèrent fin janvier et chacun dut repartir au pensionnat pour une nouvelle année.

Malgré tout, lorsqu'ils s'en allaient en pension, la maison de Bogota Avenue semblait terriblement vide à Reidun. Les cris, les rares disputes, les jeux des trois enfants résonnaient encore dans cette grande maison familiale une fois qu'elle était désertée de leur présence. Pour ne pas être submergée par ses démons, au début de cette année 1957, Reidun prit un nouvel amant qu'elle rencontra au *Oaks*. Samuel étant entre-temps devenu papa et se sentant un peu délaissée par Jason, Reidun trouva du réconfort dans les bras de Brian, qui avait cinq ans de plus qu'elle. Comme Shane, Brian était sportif et jouait beaucoup au cricket, sport national en Australie depuis des décennies. Il initia même Reidun à ce sport et alla nager régulièrement avec elle en contrepartie. Shane ne fut pas jaloux et ne prit pas ombrage du nouvel amant de Reidun. Il continuait à partager une chambre avec elle et dormait à Bogota Avenue aussi souvent que Reidun le souhaitait. Au fil du temps, leur relation s'était approfondie, ils s'étaient mutuellement apprivoisés et fonctionnaient comme un couple, avec ses disputes et ses réconciliations.

Pendant cette même année, Reidun continua de temps en temps à prendre un taxi le dimanche afin de récupérer ses enfants en pension. Ceux-ci ne comprenaient pas pourquoi leur mère continuait à vouloir les voir et la soupçonnaient de venir uniquement pour se disputer avec leur père, ce qui horrifiait au plus haut point Renée.

René ne comprenait pas non plus ce qui poussait son ex-femme à se présenter sur le parking de Loreto autrement que pour lui faire des reproches et chercher la bagarre. Son unique préoccupation, de son côté, était de protéger ses enfants et de veiller à leur bien-être. Il avait par ailleurs mis au point un calendrier sur lequel il avait entouré les week-ends où c'était son tour de récupérer les enfants, mais nul ne savait ce qui se passait dans la tête de Reidun...

— Regarde le calendrier avant de prendre un taxi, tu verras que c'est à mon tour ce week-end de les récupérer... Tu t'es encore déplacée pour rien. Retiens ton taxi pour qu'il te ramène à la maison, tu reviendras les chercher le week-end prochain. Si tu n'oublies pas ! lui disait alors René avec ironie, sachant pertinemment qu'elle ne tiendrait pas compte de ses propos.

Aux vacances d'automne, courant avril, les trois enfants rentrèrent à Bogota Avenue, car leur père était en déplacement. À leur arrivée, Reidun n'était pas à la maison... Ils avaient l'habitude et ne la cherchèrent pas, trop pressés de prendre leur canne à pêche et de descendre pêcher au Cremorne Wharf. Ce jour-là, alors que ses enfants rentraient de pension, Reidun était partie à l'épicerie s'acheter du whisky et plusieurs épis de maïs. Elle avait oublié qu'ils revenaient pour les vacances et fut surprise en arrivant chez elle de voir leurs affaires dans l'entrée.

— Renée, Paulo, Claudette, vous êtes là ? cria-t-elle en direction du premier étage... Sans réponse de leur part, elle descendit dans le jardin admirer ses fleurs et se ressourcer auprès de ses arbres, buissons et massifs. C'est là qu'elle réalisa que c'était les vacances scolaires, et qu'ils seraient à la maison tous les trois pendant deux semaines... Leur présence ne l'avait jamais dérangée, et même si elle ne leur consacrait que peu de temps, elle aimait la vie qu'ils apportaient.

Lorsque les trois enfants revinrent de la pêche, ils eurent la surprise de voir leur mère affairée dans la cuisine, ce qui ne lui ressemblait pas du tout. Curieux, ils allèrent lui dire bonsoir et elle les invita à passer à table. Reidun leur avait cuit les épis de maïs qu'ils dévorèrent avec du beurre. Ils montèrent ensuite dans leur chambre, repus et surpris de ce dîner inhabituel. Reidun les rejoignit pour, leur dit-elle, leur raconter des histoires qu'enfant, en Norvège, on lui avait narrées : des histoires de trolls que son frère Bjarne affectionnait. Ces êtres aux pouvoirs surnaturels et à l'aspect effrayant étaient nombreux dans la mythologie norvégienne. Heureux et surpris par son initiative, les trois enfants furent néanmoins très vite effrayés, voire traumatisés, par ces contes et partirent se coucher. Cette nuit-là, Renée fit d'horribles cauchemars peuplés de trolls et refusa par la suite toute proposition de Reidun de narrer une histoire.

— Je déteste ces histoires, confia-t-elle à son frère et sa sœur. Il est hors de question que je l'écoute encore une fois me raconter ses soi-disant histoires norvégiennes qui m'empêchent de dormir la nuit…

Pendant ces vacances, Reidun vécut sa vie, sans se soucier de savoir ce que faisaient ses enfants de leur temps. Lassé au bout de quelques jours d'aller pêcher, Paulo alla dans le garage et trouva un pot de peinture blanche laissé là par René. Jamais à court d'idées, il entreprit, avec l'aide de ses sœurs, de peindre en blanc les chaussures noires de leur mère ainsi que les poignées d'eau chaude et les poignées d'eau froide des robinets de la maison.

Lorsqu'en rentrant du *Oaks*, Reidun prit connaissance de l'ampleur des bêtises de ses enfants, elle alla dans leur chambre et leur demanda en criant qui en était l'auteur, avant de s'enfermer dans sa chambre pour avoir la paix. Elle avait de toute façon, au bout de quelques verres, oublié chaussures et robinets.

Aucune des deux fillettes ne dénonça Paulo, instigateur de leur bêtise, et celui-ci, pour les remercier, prépara la salade de feuilles et de racines accompagnée de vers de terre qu'ils mangèrent, étant donné que le frigidaire et les placards du garde-manger étaient une fois encore vides. C'est lui qui, le lendemain matin, se mit à nettoyer ses sottises avant que son père ne rentre de déplacement. Il aurait été triste d'être puni de restaurant avec Daddy à cause de ça, et tous trois craignaient grandement les colères de leur père.

Celui-ci rentra et ne sut rien. Reidun était partie au pub et il trouva ses trois enfants en train de nager à la piscine McCallum. La fin des vacances fut moins ennuyeuse, car leur père s'occupa d'eux. De France, il avait ramené pour Claudette un livre racontant l'histoire d'un baudet facétieux. Le livre plaisait tellement à la petite fille qu'elle le lisait plusieurs fois par jour. Son frère et sa sœur, en référence au livre, la surnommèrent dès lors « Baudette » et ce surnom resta entre eux.

Reidun parvint à rester sereine même durant les deux semaines de vacances d'hiver, en juillet. Cependant, au printemps 1957, elle se laissa surprendre par un accès de mélancolie qui n'eut d'autre origine qu'une visite de son amie Robyn, qui vint seule, sans ses enfants. Heureuses de se retrouver malgré leurs différences, les deux femmes partirent se baigner avant de retourner sur la terrasse de Reidun pour se sécher sous les derniers rayons de soleil. Robyn posa beaucoup de questions à Reidun sur sa vie seule dans cette grande maison familiale, sur sa relation avec René, sur l'avenir qu'elle envisageait…

— Pourquoi n'irais-tu pas en Norvège, visiter ta famille ? Cela fait des années qu'ils ne t'ont pas vue. Ils seraient heureux de te retrouver ! Je n'ai d'ailleurs jamais compris pourquoi tu n'y es jamais allée depuis ton arrivée à Sydney ! La famille et les racines c'est important, qu'est-ce qui t'empêche de le faire ? À chaque fois que je t'en parle, tu réagis comme si tu redoutais d'y retourner. Je suis sûre que ce voyage te ferait du bien. Et puis, tu dois te sentir seule dans cette maison sans tes enfants...

Reidun fut déstabilisée et prise au dépourvu. Elle n'avait pas vu son amie depuis de longs mois et ne s'attendait pas à ce qu'elle lui parle de son pays et lui pose autant de questions sur sa vie d'avant. Son esprit était en proie à une détresse qu'elle sentait affleurer. Elle alla donc chercher une bouteille de whisky et se servit un grand verre qu'elle but cul sec sous les yeux effarés et tristes de Robyn. Reidun expliqua à son amie qu'elle n'était pas d'humeur à discuter de cela avec elle et lui fit comprendre que le sujet était clos en se resservant un deuxième verre. Face au silence de Reidun et à son envie manifeste de boire, Robyn prit congé, non sans avoir glissé qu'elle était toujours bienvenue chez les Foley en cas de besoin.

Après le départ de Robyn, Reidun sentit ses angoisses monter. Ses fantômes ne s'avouaient pas vaincus avec le whisky. Elle se rendit alors au *Oaks* où elle retrouva Brian, qui fut terrifié autant par les propos incompréhensibles et confus que tenait sa maîtresse que par son comportement agressif et excessif. Il prétexta un rendez-vous et la laissa seule au pub. Il n'avait jamais été témoin d'accès de mélancolie de Reidun, leur relation étant trop récente... Reidun but quelques verres au bar et écouta Michael lui expliquer en quoi consistait le phénomène de la pleine lune. Elle rentra ensuite chez elle où, dans la nuit claire, elle se mit à jardiner, arrachant les mauvaises herbes et maudissant la Norvège et tous ceux qui y vivaient.

— Pas un seul n'est venu me chercher, aucun d'eux n'a essayé de me retrouver. Ils s'en fichent éperdument de savoir où je suis... Et Robyn qui me dit d'y retourner, comme si c'était aussi simple ! Ils n'y comprennent rien, ni mes parents, ni Bjarne, ni Borghild, tous autant qu'ils sont. Oh, mais qu'ils arrêtent de me harceler comme ça, sans répit... !

Elle réussit à ne pas sombrer dans le marasme de ses émotions en jardinant et en s'allongeant sur l'herbe où elle s'endormit profondément,

Les semaines suivant cette sombre soirée, Brian prit assez vite ses distances avec elle. Reidun ne trouvait désormais de réconfort qu'auprès de Shane et, de temps en temps, de Samuel. Après l'euphorie des premières semaines à s'occuper d'un nouveau-né, il se sentait quelque peu délaissé par sa femme et heureux de renouer avec sa maîtresse. Avec ses amants, son whisky, son jardin, ses séances de lien avec la nature et la natation, Reidun était convaincue de contrôler sa vie.

CHAPITRE 31

Sous la pression et l'attente exigeante de leur père, Renée, Paulo et Baudette travaillaient bien à l'école. Renée eut même les félicitations en anglais. Début 1958, les trois enfants repartaient en pension après avoir passé leurs vacances à pêcher, à nager et même passé une journée entière à Taronga Zoo pour leur plus grand bonheur. Leur père avait veillé à ce que chacun puisse quand même s'épanouir dans ce schéma familial peu conventionnel.

En janvier, la compagnie aérienne Quantas inaugura une ligne régulière reliant Sydney à Londres. René décida de prendre dorénavant ces vols pour se rendre en France. Il gagnait ainsi du temps et pouvait organiser ses voyages à l'avance. Au cours d'un vol retour pour Sydney, il repensa néanmoins avec nostalgie au *M. V. Tai Yin* et ses six semaines de voyages de l'époque…

Il rencontra également à plusieurs reprises son avocat Philip Parker pour discuter de l'avancée de son dossier de divorce, qui était toujours en attente de jugement. Sur les conseils de Me Parker, René loua les services d'un détective privé chargé d'apporter les preuves de l'adultère de son ex-femme indispensables au dossier, ainsi que les preuves de son alcoolisme permettant d'attester son incapacité à s'occuper convenablement de leurs trois enfants. Ce détective privé devait se charger aussi de prouver qu'il y avait fréquemment eu un abandon de domicile de Reidun, étayant l'argument de son impossibilité à s'occuper de Renée, Paulo et Baudette.

Le détective se heurta dans un premier temps au

mutisme de Mickael. Le barman du *Oaks* était attaché à Reidun et soucieux de ne pas lui causer du tort. Reidun était la seule cliente du pub qui l'écoutait vraiment et s'intéressait à lui. Il s'était lui-même laissé charmer par la jeune femme à la personnalité excessive et spontanée. Le détective se retrouva aussi face à un mur en cherchant à questionner Shane ou Samuel. Le premier par lâcheté, et le deuxième par crainte que sa femme ne découvre son infidélité. Ce furent finalement l'épicier de Reidun et les Russel, les voisins, qui l'aidèrent le plus dans les preuves à apporter au dossier. Ils ne pouvaient deviner que leurs témoignages allaient être prépondérants dans la décision du juge.

René craignait fortement que le travail de fourmi du détective privé et le suivi régulier du dossier par Me Parker auprès du juge ne soient pas suffisants et que la garde définitive des enfants soit octroyée à Reidun lors du jugement. Son inquiétude était telle qu'elle l'empêchait certaines nuits de dormir. Aussi partagea-t-il ses angoisses avec sa mère.

— Tu imagines si c'est elle qui a la garde ? Ils seront encore livrés à eux-mêmes, sans repas, sans personne pour veiller sur eux, comme avant ! Sans compter leurs études. Elle oubliera d'aller les chercher à l'école. Je ne veux plus de tout ça pour mes enfants, et je ferai tout ce qui est en mon pouvoir pour l'empêcher, tu m'entends ? !

Comme lui, Granny ne voyait pas d'un bon œil du tout que ce soit Reidun qui s'occupe de Renée, Paulo et Claudette. Tout cela avait assez duré ! Mais elle avait aussi conscience que normalement la garde des enfants était donnée à la mère…

René s'estimant dans une impasse judiciaire et personnelle, il alla prendre conseil auprès de son avocat, avant de réfléchir à la meilleure conduite à tenir. À la fin de l'été et dans le courant de l'automne, il effectua de nombreux allers-retours entre Sydney et Tourcoing. Ses déplacements n'étaient, pour une fois, pas d'ordre professionnel, mais avaient pour unique vocation d'assurer le bonheur et l'avenir de ses trois enfants.

CHAPITRE 32

Ainsi, au matin du 21 avril 1958, en voiture avec Granny, René se gara devant la maison de Bogota Avenue où, par chance, Renée était tranquillement assise sur les marches du perron en train de lire : elle avait décidé de s'isoler un peu pour avoir la paix. Surprise de voir son père chez eux, Renée s'avança vers lui, un grand sourire aux lèvres :

— Renée, va vite chercher Paulo et Baudette, mais surtout sans faire de bruit pour ne pas réveiller Mummy. Dis-leur qu'on va aller pêcher ensemble ! annonça-t-il.

Ravie de cette perspective, Renée ferma son livre qu'elle prit soin de rentrer et monta à l'étage chercher son frère et sa sœur qui jouaient ensemble.

— Venez, chut ! Daddy et Granny nous attendent dehors, on va aller pêcher ! s'exclama Renée fière d'accomplir sa mission.

Sur la pointe des pieds pour ne pas déranger Reidun dormant à poings fermés dans sa chambre, le trio descendit l'escalier de la maison et, après avoir embrassé leur père et leur grand-mère, monta à l'arrière de la Chevrolet.

Daddy leur annonça alors qu'au lieu de pêcher, ils allaient au cinéma, ce qui leur convenait aussi très bien ! La voiture prit la direction du quartier de Parramatta, à l'ouest de la ville, où à l'angle de la rue Macquarie et de la rue Marsden se trouvait le cinéma *Astra* ouvert depuis 1935. Là, René, Granny et les trois enfants, virent *King Kong* avant d'aller déjeuner au restaurant chinois du centre de Sydney. Après s'être régalés, ils prirent la direction de Castlereagh Street où se trouvait le cinéma Mayfair, ouvert depuis 1909. Ils assistèrent à la séance de l'après-midi du *Pont de la rivière Kwai*. À la sortie du film, qui durait près de trois heures, il faisait presque nuit, et René et sa mère firent remonter les enfants dans la voiture.

– Maintenant, on va aller faire un petit tour en avion, leur dit René en démarrant.

Surpris, Paulo réagit tout de suite :

– Mais on ne peut pas, Mummy va s'inquiéter ! déclara le petit garçon de huit ans.

Daddy et Granny le rassurèrent et leur tendirent à chacun un sac contenant des vêtements d'enfants qu'ils leur demandèrent d'enfiler après avoir retiré les habits qu'ils portaient. Soucieux de ne pas désobéir, ils s'exécutèrent…

Mais, alors que la voiture roulait en direction de l'aéroport de Kingsford Smith, à huit kilomètres au sud du centre-ville, Paulo ouvrit sa portière, décidé à sauter dans le vide. Son geste n'était pas tant celui d'un enfant désireux de retrouver sa mère que celui d'un petit garçon qui sentait que sa vie était sur le point de basculer. Son besoin instinctif de sécurité lui dictait de rester à Sydney…

Alerté par le bruit, René freina à temps et gronda vertement son fils pour son geste inconscient et dangereux :

– Tu aurais pu gravement te blesser Paulo ! C'est pour votre bien à tous les trois qu'on prend l'avion, lui expliqua-t-il.

La portière refermée et l'engueulade passée, Paulo se tint à carreau jusqu'à l'aéroport. Sur le trajet, René jeta les vêtements que les enfants avaient retirés dans un champ au bord de la route.

Étant séparé de Reidun, René ne pouvait normalement, sans son consentement, emmener leurs enfants hors d'Australie. Il avait profité de ce que Granny et lui aient le même nom de famille pour faire un passeport à sa mère, sur lequel figuraient les trois enfants. Et, malgré son âge, les douaniers ne s'interrogèrent à aucun moment sur le fait qu'elle ne pouvait raisonnablement pas être leur mère. Seul le nom de famille leur importait, et tous les cinq s'appelaient bien Dutriez.

Ils ne montèrent dans l'avion qu'à quatre : René avait encore des affaires à régler à Sydney et les rejoindrait plus tard. Il avait pris soin de laisser ses instructions de voyage à sa mère jusqu'à ce qu'il les retrouve... Ils firent d'abord escale à Nouméa, pour quinze jours.

Étant en vacances d'automne, les enfants ne posèrent aucune question sur leur départ précipité de Sydney et ce, même si après Nouméa, ils restèrent ensuite quinze jours sur l'île de Fidji. Là, Renée savait qu'ils auraient dû être de retour en pension et se rappela mentalement que Kristen ne lui avait pas rendu le premier tome de son encyclopédie. Elle pensa qu'il lui faudrait sans faute le récupérer dès son retour à Loreto.

De Fidji, ils reprirent l'avion et allèrent passer trois jours à Hawaï, où le trio découvrit avec bonheur les eaux chaudes des plages somptueuses. Leur destination suivante était les États-Unis, où leur père les rejoignit pour partir à la découverte de San Francisco et de New York. De là, René, Granny et les enfants embarquèrent pour la France dans le courant du mois de juin 1958.

En France, René avait tout prévu pour sa mère et ses enfants lors d'un précédent voyage effectué au début de l'année. Il avait acheté sur plan un appartement au 16, rue Jean Jaurès, à Tourcoing. La construction de l'appartement ayant pris un peu de retard, ils logèrent d'abord tous les cinq à l'hôtel Carlton de Lille.

À Sydney, alcoolisée à longueur de journée, il fallut à Reidun quelques jours pour réaliser que ses enfants avaient vraiment disparu. Elle les chercha dans un premier temps dans le jardin et la maison, se rendit chez sa belle-mère à Neutral Bay, avant de prendre un taxi pour Loreto, The Tower et St John Baptist's, où on lui dit qu'ils n'étaient pas revenus dans leur pensionnat après la fin des vacances... Alors Reidun se rendit chez Me Parker, l'avocat en charge du divorce.

— Mes enfants ont disparu, je les ai cherchés partout dans la maison et le jardin, mais ils n'y sont pas, j'ai bien vérifié toutes leurs cachettes, sans succès... Mon ex-mari vous aurait-il dit quelque chose à ce sujet ? J'aurais dû les voir pendant les vacances, sauf que là, *pfuit*, personne !

Mais René ayant agi dans le plus grand secret, Me Parker ne savait rien lui non plus et mit les affirmations de Reidun sur le compte de divagations alcooliques... Il était convaincu que René était en déplacement professionnel, les enfants dans leurs pensions respectives et ne prit pas la peine de vérifier.

Convaincue qu'ils allaient réapparaître comme ils étaient partis, Reidun poursuivit donc sa vie entre sa maison, la piscine McCallum, ses plages de prédilection et le pub... Elle ne réalisa même pas que l'hiver passa sans qu'elle n'ait vu René... Néanmoins, certains dimanches, quand elle n'avait pas encore trop bu, il lui arrivait de prendre un taxi pour aller voir à tout hasard si ses enfants n'étaient pas à la sortie de leur pensionnat...

Dès leur arrivée à Lille, René entreprit de montrer la ville aux enfants. Ils commencèrent le premier jour par arpenter les petites rues pavées avant de visiter l'église Notre Dame de la Treille, suivi des halles et de l'église du Sacré-Cœur. À l'heure du déjeuner, ils allèrent manger dans un café en face de l'hôtel où les enfants se régalèrent de croque-monsieur et de *hot-dogs*, qu'ils n'avaient jamais goûtés jusque-là. Fatigués par le décalage horaire du voyage, René et Granny décidèrent que tous allaient faire une sieste après le repas, mais, pas fatigués du tout, les trois enfants sortirent de leur chambre sans faire de bruit et se postèrent devant une grande fenêtre de la suite. Directement sous la fenêtre se trouvait une terrasse de café où de nombreux Lillois et touristes étaient assis. Ce fut, une fois encore Paulo qui eut l'idée, pour se divertir, d'essayer de cracher de la fenêtre dans les verres des clients attablés. Ils s'amusèrent prodigieusement à voir leur salive s'étirer en longs filets avant d'atterrir immanquablement sur les parasols surplombant la terrasse jusqu'au réveil de leur père et de leur grand-mère. Leur séjour à Lille dura quelques semaines, le temps de faire de nombreuses visites culturelles et religieuses, de se balader et d'aller immanquablement chaque midi manger un croque-monsieur ou un *hot-dog* dans le café en face de l'hôtel...

Au début du mois de juillet 1958, et pour les deux mois de vacances d'été en France, Renée, Paul et Baudette partirent dans une pension de famille à Wimereux. L'été en France était bien différent de celui à Sydney, tout comme l'étaient les plages de la mer du Nord. Mais les enfants s'amusaient bien et s'adaptaient à ce nouveau climat plus froid, à une nouvelle nourriture et de nouveaux paysages. Ils continuaient entre eux à parler anglais, leur langue maternelle, et avaient compris qu'ils détenaient là un pouvoir en France. À part Granny qui les comprenait, très peu de personnes saisissaient le sens de leurs discussions, ce qui leur permettait de se moquer ouvertement des gens croisés sur la plage ou dans le village.

— Regarde celle-là, comme elle est moche ! dit Paulo au sujet d'une femme qui passait devant eux.

— Oui, très moche acquiesça Renée.

Et tous deux mirent Claudette au défi d'aller dire à cette

femme qu'ils la trouvaient laide, ce qu'elle fit, en toute innocence, et en anglais !

Leur refus de parler le français, même s'ils le comprenaient, venait aussi du fait que René, qui avait d'abord dit qu'ils ne feraient qu'un petit tour en avion, leur avait finalement expliqué qu'ils allaient rester en France pour une année avant de retourner en Australie. Alors, à quoi bon faire des efforts, pensaient-ils. Une année était vite passée !

En rentrant de Wimereux fin août, l'appartement de Granny était prêt à être habité et ils emménagèrent à Tourcoing avec elle et leur père. Renée entrait en classe de CM2 à l'école St Aignan avec Claudette, qui entrait en CE1. Paulo, lui, allait au collège de Marcq en Baroeul. Aucun des trois enfants n'était dans la classe correspondant à son âge, mais refusant de parler français, il avait été jugé préférable de les intégrer dans des classes de niveau inférieur. Ce fut Raphaël Trentesaux, le patron de René, qui les accompagna en voiture afin qu'ils aient leur valise, car les trois enfants étaient une fois de plus pensionnaires. Arrivée dans la cour de récréation le jour de la rentrée des classes, Claudette fut le centre d'attention de tous les CE1, car elle s'adressait à eux en anglais. Elle avait de son côté l'impression qu'on se moquait d'elle et regretta que Renée ne soit pas dans la même cour de récréation. René, quant à lui, était reparti pour l'Australie, où il devait travailler et s'assurer que la procédure de divorce suivait son cours. À partir du moment où ses enfants furent en France, René revenait une fois par an d'Australie, l'été, lorsque Renée, Paulo et Baudette avaient deux mois de vacances. Le reste de l'année, Renée, Paulo et Claude sortaient de pension le vendredi et passaient le week-end à Tourcoing, chez Granny, avant de retourner le lundi matin dans leur pensionnat. Ils partaient tous les trois à pied de chez elle jusqu'à la place de Tourcoing où, ensemble, ils prenaient le tramway : Paulo s'arrêtait d'abord à l'école de Marcq, les filles poursuivant jusqu'à Saint-Aignan, un peu plus loin, sur la même ligne. L'acclimatation à la France était rude et compliquée pour le trio. Le climat associé au manque cruel de lumière et à une alimentation complètement différente les déboussolait et fit naître chez les trois une profonde nostalgie pour Sydney et son cadre de vie.

À Loreto, Renée s'était habituée aux dortoirs spacieux, baignés de lumière dont les sols étaient recouverts de parquet en bois clair. Alors qu'à Saint-Aignan, les dortoirs étaient étroits, vétustes et sombres. En pension, à Sydney, les filles étaient servies sur une table dressée avec une nappe blanche en tissu assortie aux serviettes. En France, elles prenaient leur repas dans un réfectoire dans un sous-sol faiblement éclairé, sur une table recouverte d'une toile cirée jaune sur laquelle une marmite était déposée et le service assuré par la camarade assise en bout de table. Paulo était, lui, profondément traumatisé par la sévérité et la dureté des curés assurant les cours et la surveillance du pensionnat. Ils étaient également tous les trois frappés de voir que les gens étaient habillés en noir et longeaient les murs en marchant avec la tête baissée... Habitués à vivre dans un pays ensoleillé, convivial et chaleureux, les trois enfants Dutriez avaient hâte de rentrer chez eux.

À Sydney, Reidun, quand elle ne buvait pas, nageait encore un peu. Elle restait convaincue que Renée, Paul et Claudette allaient revenir à la maison et elle continuait parfois à prendre un taxi le dimanche jusqu'à leur pensionnat afin de s'assurer qu'ils n'y étaient pas. Elle avait évoqué leur disparition à Shane et Brian, ou encore Mickael, mais au bout de plusieurs verres, Reidun occultait la disparition de ses enfants, sa séparation, ses fantômes, et se laissait dériver et anesthésier par le whisky.

— Ils ne rentrent plus à la maison, je ne les vois plus. Ce n'est pas normal, Renée ne partirait pas sans ses livres, Paulo sans sa canne à pêche et Claudette sans sa poupée ! J'ai cherché partout pourtant, mais je n'arrive pas à les trouver...

Elle ne retourna pas voir Me Parker qui, elle l'avait senti, ne l'avait pas prise au sérieux. Quelques mois après la disparition des trois enfants, Robyn vint lui rendre visite. Sachant que les trois enfants étaient en pension depuis 1955, elle demanda à son amie comment ils se portaient, ainsi que René.

— Je n'en ai aucune idée, je ne les vois plus. Enfin si, la nuit surtout ils viennent me rendre visite, mais le matin, je ne sais plus si je les ai rêvés ou s'ils étaient avec moi... déclara Reidun entre deux gorgées de whisky.

Robyn ne s'alarma pas : elle connaissait le mauvais penchant de son amie et mit sa déclaration sur le compte d'un délire lié à l'alcool. Elle s'inquiéta en revanche de sa perte de poids, et Reidun lui avoua avoir moins d'énergie pour marcher et nager autant qu'il y avait quelques années. Elle lui conseilla d'aller voir son médecin afin de lui parler de l'ensemble de ses symptômes. Reidun la rassura, certaine que ceux-ci allaient disparaître d'eux-mêmes. Mais, bien malgré elle, Reidun fut obligée de voir un médecin quelque temps après cette visite. Suite à une soirée arrosée au *Oaks*, elle trébucha et tomba en sortant du pub. Dans sa chute, sa tête heurta le trottoir ce qui lui valut une plaie ouverte au front. Shane étant sorti en même temps qu'elle, il l'accompagna à la Wybenia Nursing Home afin qu'elle soit soignée. Sur place, le médecin qui l'examina réalisa vite à son haleine que Reidun avait beaucoup trop bu. De plus, celle-ci se pliait en deux lors de l'examen de sa plaie, en proie aux douleurs abdominales dont elle souffrait par moments, ce qui n'échappa pas au médecin.

– Vous avez aussi mal au ventre ? lui demanda le Dr Hansby.

– Rien de très grave, ça m'arrive quelquefois ! lui répondit Reidun.

– Vous ressentez également de temps en temps des nausées et une fatigue inhabituelle ? poursuivit-il.

C'était effectivement des maux que Reidun connaissait. Elle répondit donc par un hochement de tête affirmatif au médecin qui, après lui avoir recousu le front, l'examina en lui palpant notamment l'abdomen. Au terme de son examen clinique, le Dr Hansby annonça à Reidun qu'elle souffrait d'un début de cirrhose.

Quelque peu dégrisée par sa chute et les points de suture effectués à vif sur son front, Reidun balaya son annonce d'un geste de la main n'ayant qu'une envie : rentrer chez elle et dormir. Le médecin la prévint que le seul traitement pour soigner une cirrhose était l'arrêt de l'alcool, ce qui provoqua un rire tonitruant, presque animal, de sa part. Impuissant, le médecin lui prescrivit néanmoins des antidouleurs en cas de crises abdominales sévères.

En rentrant chez elle, Reidun monta dans sa chambre et finit tranquillement sa bouteille de whisky allongée sur son lit, avant que le sommeil ne l'engloutisse totalement. Nous étions en 1959, elle avait quarante ans.

Lorsqu'elle se réveilla le lendemain et que son cerveau embrumé se rappela les événements de la veille, elle n'eut pas la force mentale ni l'envie de faire un bilan de sa vie. Les rares fois où elle avait commencé, elle avait été prise d'une angoisse vertigineuse que seul le whisky avait pu atténuer. Reidun s'activa toute la journée, car elle savait que ses fantômes s'approchaient. Ils pouvaient s'insinuer dans son esprit pendant la journée, comme ils pouvaient la réveiller plusieurs fois par nuit. Aux visions de Mari Irenée, de sa famille, s'ajoutaient maintenant celles de Renée, Paulo et Claudette qu'elle n'avait pas oubliés. Leurs apparitions survenaient sans prévenir.

En France, les petits Dutriez fêtaient leur douze, neuf et huit ans. Ils continuaient de parler anglais entre eux et refusaient toujours de parler couramment en français, à part avec leur grand-mère. Granny, en grand-mère dévouée, faisait de son mieux pour que les enfants ne manquent de rien tout en évitant de leur parler de leur mère, dont René ne leur donnait aucune nouvelle.

Lui savait par son avocat qu'elle était passée le voir, cherchant ses enfants, visiblement éméchée, selon ses dires... À Sydney, il avait conservé l'appartement de Granny à Neutral Bay, et vivait là l'année pour son travail, avant de reprendre un vol vers la France au moment des vacances scolaires d'été. Il envoyait régulièrement des cartes postales ou des lettres aux trois enfants dans lesquelles il leur donnait des nouvelles et leur posait des questions sur leur vie en France. Il leur écrivait souvent en anglais, mais il lui arrivait aussi de le faire en français afin qu'ils fassent un effort et apprivoisent leur deuxième langue. Il avait fait le choix d'enlever ses enfants afin de les protéger de Reidun et de son alcoolisme, mais il n'avait pas pensé à l'impact de son geste sur cette femme qui avait toujours été instable. Il ne mesurait pas non plus les répercussions psychologiques de cet enlèvement sur ses enfants. René avait l'habitude de réussir ce qu'il entreprenait, et même s'il avait dû s'avouer vaincu face aux démons de Reidun, en envoyant Renée, Paulo et Claude en France, il ambitionnait de leur offrir une enfance heureuse et l'opportunité de faire de bonnes études. Il n'avait pas repris contact avec Reidun une fois les enfants en France et se concentrait totalement sur son travail quand il était à Sydney.

À l'été 1959, René rentra d'Australie et récupéra ses

trois enfants, heureux de voir qu'ils avaient grandi et que leurs résultats scolaires étaient satisfaisants, malgré leurs réticences à répondre en français à leurs professeurs. René leur acheta à chacun un vélo qu'ils rangèrent dans la cave de l'appartement car, pour l'heure, ils partaient en vacances dans une voiture de location et allaient profiter de ces deux mois ensemble. Ils passèrent ces premières vacances à visiter la Normandie et toutes les plages du débarquement. Selon René, les vacances servaient à s'instruire culturellement et intellectuellement. Ils visitèrent donc les monuments commémoratifs relatifs à la Seconde Guerre mondiale et au débarquement allié.

Au bout de deux mois, il fallut bien rentrer afin que les enfants reprennent le chemin de l'école. Les adieux à leur père qui reprenait alors un avion pour Sydney furent déchirants. Les enfants allaient devoir attendre la fin de leur année scolaire pour le revoir…

— Je compte sur vous pour bien travailler cette année ! Ne faites pas de bêtises et obéissez à Granny. Essayez aussi de parler un peu français entre vous. Je vous écrirai souvent, c'est promis ! Au revoir, mes chéris !

Heureusement, les enfants s'étaient fait des amis et il arrivait qu'ils soient invités chez eux à passer un week-end ou quelques jours pendant les petites vacances scolaires. Ces invitations leur permettaient de s'évader un peu. Habitués à un grand jardin à Sydney et à une grande liberté avec leur mère, ils se retrouvaient dans un appartement sous l'œil vigilant et bienveillant d'une grand-mère qui avait à cœur de bien les élever en l'absence de leur père, mais toujours sous haute surveillance.

Afin de s'échapper un peu et de s'occuper pendant leur temps libre, Renée, Paulo et Claudette en profitaient pour faire de longues balades à vélo. Ils aimaient parfois pousser jusqu'au labyrinthe d'Halluin, soit plus de dix kilomètres aller-retour. En Australie comme en France, ils s'en sortaient grâce à leur relation fraternelle, soudée et forte.

CHAPITRE 33

À plus de seize mille kilomètres de là, Reidun, grâce à l'argent que René déposait à la banque pour elle chaque mois, vivait dans la plus grande insouciance, comme elle l'avait toujours fait. Elle ne se rendait pas compte que la maison était sale et l'herbe du jardin pas tondue. Cela faisait longtemps que Ben, qui venait autrefois s'occuper de la pelouse, avait abandonné son poste à défaut d'être payé. Mais elle s'en fichait. Tant que ses fleurs avaient éclos au printemps et qu'elle pouvait marcher pieds nus dans l'herbe, elle se moquait désormais du reste : les bouteilles de whisky vides dans la cuisine ou dans sa chambre ne la gênaient pas, tant qu'elle accédait à son lit et au garde-manger où elle stockait ses précieuses munitions. La poussière qui s'accumulait sur les meubles ou la peinture qui commençait à s'écailler sur la façade de la maison n'étaient pas des considérations qu'elle jugeait importantes. Seules trois choses comptaient véritablement à ses yeux : qu'elle réussisse à tenir à distance et à maîtriser ses fantômes quand ils venaient lui rendre visite, que sa réserve d'alcool lui permette de boire quand bon lui semblait, de jour comme de nuit, et enfin que ses crises de douleurs abdominales soient de courte durée.

On était loin de la jolie femme coquette, avide de découvrir Sydney et les nouvelles collections de mode dans les grands magasins ! Reidun ne s'habillait que pour aller au *Oaks*, descendre à la piscine McCallum ou chez l'épicier. Le reste du temps, elle était en chemise de nuit chez elle...

L'été 1960, en France, René avait de nouveau loué

une voiture et emmena ses enfants en vacances en Normandie pour visiter l'hôtel du doyen, où était exposée la tapisserie de Bayeux. Ils en profitèrent aussi pour visiter la cathédrale Notre-Dame de Bayeux et l'abbaye Saint-Martin de Mondaye, située à neuf kilomètres au sud. De toutes les visites, c'étaient celles des monuments religieux que détestaient particulièrement les deux sœurs Dutriez : Renée et Baudette ne supportaient plus la religion. À Saint-Aignan, elles priaient le matin au lever, elles devaient également faire un signe de croix dès qu'elles passaient devant un symbole religieux dans les couloirs de l'école avant de prier encore à midi, puis pendant les vêpres du soir qui précédaient la dernière prière, devant leur lit au moment du coucher... Leur père, catholique et croyant, estimait malheureusement que les visites de monuments religieux étaient aussi importantes que celles d'ordre culturel.

— J'en peux plus de ces visites d'églises, se plaignit Claudette auprès de sa sœur, à la suite de leur arrêt à l'abbaye.

Renée la rassura :

— Allez, viens, on va voir un musée après ! et puis au moins on est avec Daddy, c'est bien ! Profitons-en !

En présence de leur père, les vacances passaient trop vite... Entre les visites, les bons restaurants et les discussions animées à quatre, les enfants ne voyaient pas le temps filer et René, cet été-là, fut convaincu qu'en soustrayant ses enfants à Reidun, il avait pris la bonne décision. Il avait pour projet, d'ici quelques mois, de retourner à Sydney avec eux. Il serait temps alors d'envisager des retrouvailles avec leur mère. Mais en attendant, il ne leur en parlait jamais, et les enfants ne posaient aucune question...

Le jugement définitif du divorce était proche. Me Parker

était confiant quant à la décision favorable du juge. Avec l'aide de René et du détective, suffisamment d'éléments à charge contre Reidun avaient été regroupés et apportés au dossier plaidant en faveur de René.

CHAPITRE 34

Au mois de juin 1961, le juge statua effectivement en faveur de René, lui donnant la garde exclusive de ses enfants, et estimant que leur maison devait également lui revenir de plein droit. Fou de bonheur, René qui devait bientôt prendre son avion pour la France, se rendit à Bogota Avenue afin d'avertir Reidun du jugement.

Lorsqu'elle ouvrit la porte d'entrée, il fut surpris de constater que, malgré son alcoolisme, son ex-femme restait belle, quoique un peu éteinte, au regard de celle qu'il avait rencontrée sur le *M. V. Tai Yin* quinze ans auparavant. En entrant, il constata une partie des dégâts qu'elle avait causés. La saleté, les cadavres de bouteilles, les bris de verre, les taches de whisky sur les murs et les rideaux... Il y avait de gros travaux de rénovation à effectuer avant de pouvoir y emménager à nouveau. Tout était parti à l'abandon...

— Je suis venu t'annoncer moi-même que le jugement de notre divorce a été prononcé en ma faveur. J'ai dorénavant la garde de nos enfants, et je suis aussi en droit de récupérer cette maison. Mais ne t'inquiète pas, je dois rentrer en France pour deux mois, nous verrons cela à mon retour.

René omit bien entendu de dire à Reidun que les enfants étaient en France depuis trois ans et qu'il les y rejoignait chaque été.

— Tu vas avoir du mal à les garder, nos enfants. Je les vois régulièrement, mais jamais très longtemps... glapit Reidun à son annonce. Ils viennent le plus souvent la nuit, mais disparaissent le matin... Il m'arrive parfois dans la journée de les apercevoir dans le jardin…

Pour la maison, c'était un autre problème. Elle ne voulait pas y penser pour le moment, René lui avait dit qu'il partait en France pour deux mois. Elle avait le temps de réfléchir et de trouver une solution d'ici là, d'autant qu'il lui annonça avoir prévu de revendre l'appartement de Granny et de lui donner l'argent de la vente comme compensation. René se déculpabilisait d'avoir kidnappé les enfants en s'assurant pour un long moment de la sécurité financière de son ex-femme. Reidun, comme d'habitude, préférait occulter toute contrariété, et évacua très vite de son cerveau la nouvelle de René au sujet des enfants et de la maison.

Lorsqu'il revint en France fin juin, cette année-là, René annonça à Renée, Paulo et Baudette qu'ils allaient retourner l'été suivant vivre avec lui à Sydney dans la maison de Bogota Avenue. Il leur expliqua qu'il devait d'abord effectuer des travaux et qu'ils allaient avoir une gouvernante à domicile qui allait s'occuper d'eux. Plus personne ne serait alors en pension. Il ne leur parla pas de Reidun, et fut soulagé qu'aucun des enfants ne pose de questions à son sujet.

René ne manqua pas de raconter à Granny l'état dans lequel la maison était, pendant que Renée, Paulo et Claudette savouraient le bonheur de l'annonce de leur père : plus qu'une année scolaire en France et ils seraient de retour chez eux ! Les trois petits Dutriez étaient presque heureux de partir à la découverte des tranchées de Verdun au programme de cet été-là ! Peu importaient les visites auxquelles les traînait leur père, ils avaient le cœur léger, ils allaient retrouver Sydney, où il ne serait plus question de pension, de froid et d'obscurité ! Aucun des trois ne pensait à Reidun, qu'ils n'avaient pas vue depuis trois ans… Renée avait été traumatisée par la trop lourde responsabilité de devoir s'occuper de son frère et de sa sœur, alors qu'elle avait à peine une dizaine d'années, comme elle avait été très marquée par l'alcoolisme de Reidun, son absence d'affection à leur égard, ses accès de colère et ses histoires de trolls qui l'avaient convaincue que sa mère était une sorcière folle... Les excès de Reidun n'avaient pas vraiment pesé sur Paulo, qui cultivait un monde intérieur riche et qui se reposait sur sa grande sœur pour la vie de tous les jours. Claudette, la cadette, s'attachait à suivre le mouvement, et si cela impliquait qu'on devait se passer de Mummy, elle ne se posait pas de questions et se référait à Renée, qui de toute façon veillait sur eux.

Le trio passa donc d'excellentes vacances dans la Meuse, pendant lesquelles il ne fut question que de savoir qui allait dormir dans la chambre du bas, celle qui avait été réservée aux beaux vêtements de leur mère et qui deviendrait à nouveau une véritable chambre.

– En tant qu'aînée, c'est moi qui dois dormir dans la chambre en bas, leur avait dit Renée.

Mais Paulo et Claudette avaient protesté. Paulo estimait qu'en tant que seul fils, la chambre lui revenait, et Claudette manifesta également son désir de dormir au rez-de-chaussée. En tant que cadette, elle essayait aussi d'avoir voix au chapitre ! Ils tombèrent d'accord sur le fait que Daddy déciderait.

Fin août arriva vite, et ce fut le moment de rentrer à Tourcoing et de préparer la rentrée des classes. Avant de repartir en Australie, comme après toutes les vacances passées ensemble, René les emmena au restaurant afin de fêter les quatorze ans de Renée, les onze ans de Paulo et, avec un peu d'avance les dix ans de Claude. En effet, Claudette, qui avait toujours profondément détesté son prénom, souhaitait désormais qu'on l'appelle Claude. À compter de ce jour, elle fut Claude pour tout le monde, ou Baudette pour les intimes.

René prit ensuite l'avion pour Sydney, heureux de voir que ses enfants allaient bien et ravi que l'annonce de leur prochain retour en Australie les enchantait autant. Il avait craint qu'ils finiraient par se plaire tellement en France qu'ils n'auraient plus envie de revenir... Il s'était rendu compte qu'au contraire, ils n'avaient qu'une hâte : rentrer ! Il s'inquiétait néanmoins pour Granny, qui ne souhaitait pas les suivre et allait rester seule à Tourcoing. Il se dit qu'il serait toujours temps, l'été prochain, de la faire changer d'avis...

En arrivant, René fut très occupé. Outre son travail, il devait trouver un bon maître d'œuvre pour gérer les travaux de rénovation de la maison de Bogota Avenue, sans oublier qu'il lui fallait dans un premier temps s'assurer du départ de son ex-femme...

Reidun avait totalement oublié le jugement du divorce et l'attribution de la maison. Pendant les deux mois où son ex-mari était en France, elle avait vécu en complète insouciance. Elle avait passé ses journées sur la plage ou dans son jardin et ses soirées à boire en compagnie de Shane ou à discuter avec Mickael. Le barman commençait d'ailleurs à s'inquiéter pour elle. Il l'avait connue sportive, à marcher ou à nager des heures durant, avant de pousser les portes du pub pour y retrouver son amant, puis dîner avec appétit. Depuis de nombreux mois, il avait constaté que Reidun ne faisait plus rien de tout ça, qu'elle avait maigri et perdu son appétit. Certes, elle restait une belle femme, mais sa consommation excessive d'alcool commençait à laisser quelques stigmates... Cette inquiétude, Mickael l'avait partagée avec Shane, qui connaissait Reidun depuis plusieurs années, mais qui se voilait la face et faisait semblant d'ignorer l'évidence. Reidun était malade et n'avait personne d'autre que lui pour la sauver. Shane n'était pas dans la salle d'examen avec Reidun lorsque le Dr Hansby lui avait annoncé sa cirrhose, et elle s'était bien gardée de lui avouer ce que le médecin lui avait annoncé. Certes, régulièrement, Shane voyait qu'elle souffrait et se tordait de douleur, tout comme lorsqu'il dormait avec elle, il était témoin de ses cauchemars, mais il ne voulait que ses bons côtés et ne souhaitait pas s'embarrasser de ses souffrances, étant lui-même un homme peu équilibré et égoïste.

Pourtant, ce fut chez lui que Reidun posa sa valise à la fin de l'année 1961, après avoir quitté la maison de Bogota Avenue. Elle avait décidé de s'installer chez son amant, sans lui en parler auparavant. Habitué à vivre seul, il eut du mal à s'adapter à cette vie à deux. Pour Reidun, ce fut encore plus difficile : elle passait d'une grande demeure avec un jardin qu'elle adorait à une petite maison ne disposant que d'un jardinet mal exposé. Les sentiments et l'attachement qu'ils avaient l'un pour l'autre étaient quotidiennement malmenés, et les disputes fréquentes entre les deux amants.

CHAPITRE 35

Au même moment, à Tourcoing, les enfants Dutriez profitaient d'un hiver rigoureux pour faire du patin à glace sur les lacs gelés du parc, à l'arrière de l'appartement de Granny. Ils ne s'étaient pas habitués au climat du nord de la France et, même s'ils étaient frileux, ils glissaient sur les lacs verglacés, heureux et innocents. Derrière la vitre de son balcon, leur grand-mère veillait sur eux et quand ils rentraient à l'appartement, les doigts et les pieds frigorifiés, elle les accueillait avec un chocolat chaud. Le bon bain brûlant ne leur était réservé quant à lui qu'une seule fois par semaine par souci d'économie !

Une fois qu'il eut trouvé en John Brown un maître d'œuvre sérieux, René entreprit de vider la maison des affaires de Reidun, qui avait déménagé chez son amant avec le strict minimum. Or, comme il en avait parlé aux enfants, la chambre du rez-de-chaussée était destinée à redevenir une vraie chambre. Il fallait pour cela retirer et stocker ailleurs l'immense garde-robe de Reidun... N'ayant que peu de rangements chez Shane, son ex-femme s'était résolue à n'emporter que quelques pantalons, chemisiers et chaussures, laissant derrière elle à regret ses plus belles pièces : robes, jupes à foison, chemisiers, multiples chaussures, chapeaux et accessoires...

Bien incapable de jeter autant de trésors vestimentaires qui, à défaut d'être encore à la mode, représentaient une époque où Reidun et lui avaient été heureux, René décida d'emballer soigneusement les habits contenus dans cette chambre afin de les stocker dans le garage de la maison.

C'est en emballant ces vêtements que René retrouva la magnifique robe de mariée de Reidun, créée sur mesure par Beril Jents. La robe fit monter en lui une bouffée de nostalgie qu'il réprima vite en pensant à ses enfants et à la nouvelle vie qu'il allait leur offrir à Sydney. Il avait décidé que Renée et Claudette iraient à la très chic North Sydney Girls High School et Paulo à la North Sydney Boys High School, les deux étaient situées à un peu plus de trois kilomètres de Bogota Avenue. Il avait déjà trouvé une gouvernante en la personne de Simone, qui s'occuperait des enfants et veillerait sur eux pendant ses déplacements professionnels en France, à Brisbane et Melbourne.

L'unique chose à laquelle René n'avait pas encore pensé, c'était aux retrouvailles entre Reidun et les enfants, ainsi que le mode de garde qu'il allait falloir établir pour qu'elle puisse les voir sans leur nuire… Il serait temps d'y penser quand les enfants seraient enfin à Sydney !

Les travaux commencèrent au début de l'année 1962, et René écrivit à Renée, Paulo et Claude pour leur expliquer le chantier et les tenir informés de l'avancée des rénovations. Dans tous ses courriers envoyés cette année-là, il n'oublia pas de préciser que tout était mis en œuvre pour que les choses soient terminées à leur arrivée, prévue à la fin des vacances scolaires françaises. René avait décidé qu'il les emmènerait, comme chaque été depuis 1958, en vacances en France, en Bretagne cette fois-ci, avant leur retour à tous les quatre en Australie.

La cohabitation avec Shane étant difficile, et sujette à de nombreux et violents cauchemars dont elle avait du mal à se débarrasser au réveil, Reidun décida de prendre une chambre au *Oaks*, au grand soulagement de son amant. René continuait à renflouer le compte en banque de son ex-femme, aussi ne se posait-elle pas de questions et s'installa-t-elle à l'hôtel pour une durée indéterminée. Au bar, elle discutait avec Mickael qui lui rappela un jour combien elle aimait se promener le long des plages comme sur les sentiers côtiers de Sydney.

— Souviens-toi qu'il y a quelques années, tu arrivais ici en fin d'après-midi, les cheveux encore mouillés de tes baignades, ou, d'autres fois, fébrile et impatiente de me raconter les chemins côtiers que tu venais d'arpenter et la flore que tu y avais découverte… Cela fait longtemps que tu n'as pas ramené une coupelle remplie de coquillages et de fleurs ! peut-être que retourner dans tous ces merveilleux endroits te ferait du bien et te changerait les idées ?

Reidun, pour une fois, l'écouta et retourna à l'automne 1962 dans le quartier de Kings Cross où, avec René, ils avaient habité avant de se marier. Mais ni le *carrot cake* du *Kookaburra Cafe*, ni un verre de whisky pris dans un pub ne lui apportèrent de joie. Assise là, Reidun se sentit malheureuse et lasse. Elle avait conscience qu'elle avait de plus en plus de difficultés à lutter contre le vide de sa vie… Elle rentra rapidement au *Oaks* afin de commander une bouteille de whisky au bar et de noyer dans l'alcool son désespoir et tous ceux qui, dans sa tête, en étaient responsables.

CHAPITRE 36

Renée, Paulo et Claudette terminèrent l'année scolaire en juin 1962, soulagés et heureux d'être en vacances. Raphaël Trentesaux passa en voiture dans les deux pensionnats afin de les récupérer avec leurs valises et de les déposer chez Granny, où ils allaient attendre le retour de leur père.

René, après avoir réglé des affaires de dernière minute à Sydney, et s'être assuré que la maison de Bogota Avenue était prête à l'accueillir avec ses enfants, prit le vol 771 de la compagnie aérienne Alitalia, le 6 juillet 1962 avec, à son bord, quarante-cinq passagers et neuf membres d'équipage. Après une escale à Darwin, dans le territoire du nord de l'Australie, l'avion effectua une deuxième escale à Bangkok, avant de se diriger vers l'Inde, où il devait effectuer une dernière escale à Bombay. Après ses deux premières escales, l'avion avait à son bord quatre-vingt-cinq passagers. Mais, à moins de cent kilomètres de Bombay, en pleine nuit, le 7 juillet 1962, à 18 h 40 UTC et 00.10 heure locale, le pilote de l'avion effectua une descente prématurée vers la piste d'atterrissage et s'écrasa contre la colline Davandyachi, dans l'état de Maharashtra, tuant tous les passagers.

En France, Renée, Paulo et Claude comptaient les jours, les heures. Ils attendaient impatiemment le retour de leur père à Tourcoing. Ce fut le maire de la ville, René Lecocq, qui vint en personne chez Granny annoncer la terrible nouvelle de l'accident d'avion, au matin du 8 juillet. En présence de Renée et Paulo, il rapporta à Granny que l'avion de son fils s'était écrasé sur une montagne en Inde.

Ce matin-là, Claude était chez les parents de Françoise Pellier, qui l'emmenaient déjeuner au restaurant. Assise sur une banquette, la fillette de onze ans surprit une conversation dans laquelle elle apprit que son père était mort. Personne ne voulut croire à l'accident d'avion, ni aucun des enfants, ni Granny. Le choc brutal de l'annonce et l'absence de corps rendaient la nouvelle impossible à admettre. Dans les mois qui suivirent l'accident, Renée refusa de croire que son père avait péri et restait persuadée qu'il allait revenir les chercher. Dans ses rêves, elle le voyait arriver habillé en Indien, prêt à les récupérer tous les trois. Claude aussi niait la mort de son Daddy, et lorsqu'elle apercevait un avion dans le ciel, elle était convaincue qu'il était dedans et qu'il venait les retrouver. La nuit, elle faisait des cauchemars dans lesquels il était en vie, dans une forêt indienne, et qu'il survivait seul dans l'attente que les secours puissent le récupérer. Paulo était convaincu que son père avait sauté en parachute de l'avion et que dans très peu de temps, il serait de retour auprès d'eux et qu'ils pourraient enfin se réinstaller à Sydney.

En Australie, Reidun apprit le décès de son ex-mari par Robyn, une dizaine de jours plus tard. La nouvelle la laissa indifférente et provoqua très peu de réactions de sa part. Cela faisait déjà sept ans que René et elle étaient séparés. Robyn s'était d'abord rendue à Bogota Avenue et, trouvant la maison fermée, elle sonna chez les voisins pour savoir s'ils étaient au courant de quelque chose. Mme Russel qui, de sa fenêtre, avait vu récemment René ainsi que des ouvriers aller et venir, s'empressa avec joie de partager ces informations en n'omettant pas de préciser que, quelques mois auparavant, elle avait vu la femme, à savoir Reidun, partir une valise à la main. Inquiète pour son amie et triste depuis la lecture dans le *Sydney Morning Herald* du décès de

René, Robyn ne savait pas où chercher son amie. Devant la mine défaite de la jolie femme blonde qui avait sonné chez elle, Mme Russel comprit que celle-ci cherchait à savoir où était Reidun et lui conseilla de commencer par le *Oaks*, où son mari l'avait déjà vue souvent. Robyn acquiesça et remonta dans sa voiture en direction du pub, non loin duquel elle se gara avant de franchir la porte d'entrée. Elle se rendit alors directement au bar où elle héla Mickael :

— Vous n'auriez pas vu une jolie femme avec des cheveux couleur châtain, qui aime le champagne et le whisky et passe beaucoup de temps ici ?

Conscient que la jeune femme lui parlait de Reidun, mais méfiant depuis que le détective privé avait tenté de lui extorquer des informations sur une de ses plus fidèles habituées, Mickael lui répondit vaguement :

— Vous savez, des clients, ici, j'en vois passer beaucoup et des jolies femmes aussi, faut pas croire que l'alcool soit réservé aux hommes ! lui répondit Mickael au moment où Reidun descendait de sa chambre une bouteille de whisky vide dans la main.

— Reidun, te voilà enfin ! s'exclama Robyn, soulagée d'avoir si facilement retrouvé son amie, bien que nerveuse à la pensée de ce qu'elle était venue lui annoncer.

Rassuré de voir que les deux femmes se connaissaient, Mickael, devançant les attentes de Reidun, lui servit un café et un verre de whisky qu'il posa sur le bar.

— Je vous sers la même chose ? demanda-t-il en direction de Robyn, qui déclina son offre et lui commanda un thé.

Robyn ne savait pas comment annoncer la mort de René à Reidun. Connaissant la fragilité psychologique de son amie, elle craignait que celle-ci ne sombre dans un épisode dépressif dont elle était coutumière. Elle attendit donc que Reidun commence à boire son verre pour lui dire que sa venue au pub n'était pas juste une visite de courtoisie, mais pour lui apprendre une très mauvaise nouvelle, qui allait sans doute la bouleverser. Et elle lui assura qu'elle pouvait compter sur son soutien et son aide…

L'annonce de Robyn n'eut pas l'impact redouté. Reidun n'eut aucune émotion, et commanda aussitôt un deuxième verre au barman, avant de demander à Robyn si elle avait vu ses enfants.

Interloquée par la question, Robyn lui promit de les chercher avec elle avant de lui proposer de venir séjourner chez elle. Reidun réfléchit avant d'accepter l'invitation de Robyn. Elle avait encore l'esprit suffisamment clair pour savoir qu'elle se sentait seule, et la perspective de retrouver Shane ce soir au bar ne la réjouissait pas autant qu'avant. Ce fut donc dans la chambre d'amis des Foley que Reidun s'installa après avoir revu Andrew, Rosy et fait connaissance avec Imogen, la petite dernière.

À Tourcoing, Granny était perdue, accablée par le chagrin. Comment était-il possible que son fils, le seul enfant qui ait survécu sur les cinq qu'elle avait eus, soit mort alors que ce jour-là exactement, il devait venir récupérer ses enfants, son plus grand bonheur ? Granny se sentait trahie par Dieu, par la vie et se laissait terrasser par la tristesse et l'incompréhension. Heureusement, Raphaël Trentesaux lui rendit visite afin de la réconforter et lui assurer qu'il prenait en charge l'enterrement de René, ainsi que la gestion de sa succession, avec notamment la vente de la maison de Bogota Avenue. Soulagée que M. Trentesaux prenne si bien les choses en main, Granny le laissa gérer les affaires de son fils, afin qu'elle puisse ne s'occuper que de son chagrin et de ses petits-enfants. Tous trois vivaient dans la stupeur et le déni de la mort de leur père adoré.

Quelques semaines après le décès de René, alors qu'il n'était plus question d'aller en Bretagne, Granny demanda aux trois enfants s'ils voulaient retourner à

Sydney : Renée refusa catégoriquement ; cela signifiait, dans sa tête, retourner avec sa mère, perspective qui lui répugnait totalement. Paulo et Claude, au contraire, étaient très enthousiastes et rêvaient de revenir en Australie... Finalement, Granny décida qu'elle était trop vieille pour aller vivre là-bas et qu'il était préférable de rester en France. À quatre-vingts ans, Aline se retrouvait seule à élever ses trois petits-enfants de quinze, douze et onze ans... Tous les trois restèrent donc en pension à Marcq en Baroeul et M. Trentesaux devint officiellement leur tuteur.

Chez les Foley, Reidun, quand elle n'était pas dans sa chambre à boire, se rendait toujours au *Oaks* pour boire avec Shane et traîner dans cet endroit où elle se sentait chez elle... Indépendante et insoumise, elle vivait sa vie comme elle l'avait toujours fait et ne pensait pas toujours à dire à Robyn où elle allait, ni quand elle rentrait.

Les deux femmes profitaient aussi de vivre sous le même toit pour discuter ensemble comme elles avaient toujours aimé le faire, tout en évitant certains sujets : Reidun n'évoquait plus ses enfants, persuadée qu'ils avaient disparu avec leur père, et Robyn ne lui parlait plus de sa trop grande consommation d'alcools forts. Aussi, lorsque Robyn s'aperçut que les bouteilles de vodka et de whisky de Tim avaient disparu du meuble du bar dans le salon, elle fit comme si de rien n'était et se promit de les remplacer avant que son mari ne s'en rende compte tout seul.

Reidun qui avait échoué à initier son amie aux bienfaits de la nature fut ravie de pouvoir profiter du jardin de celle-ci ; Robyn la retrouvait fréquemment allongée sur l'herbe les yeux fermés, la tête tournée vers le soleil, où, accroupie devant un massif à parler aux fleurs...

Les deux amies aimaient aussi, comme au bon vieux temps, aller nager à la McIver Women's Baths. Les années de marche et de natation de Reidun lui avaient permis de rester physiquement musclée et souple, mais son alcoolisme avait eu raison de son endurance et, alors que Robyn n'avait aucune difficulté à enchaîner les longueurs, Reidun finit un jour en pleurs sur les rochers bordant la piscine. Face aux sanglots de son amie, Robyn la rejoignit vite, persuadée que ses pleurs étaient liés à sa mauvaise forme physique qui l'empêchait de nager aussi longtemps qu'avant. En réalité, Reidun, cet après-midi-là, en faisant corps avec la mer, avait pris conscience qu'elle était désormais seule au monde : son ex-mari était mort et ses enfants avaient disparu avec lui, il ne lui restait que ses vieux fantômes qui venaient lui rendre visite la nuit et, heureusement, le whisky, pour la soulager son chagrin.

Reidun ne confia pas toutes ses pensées à Robyn et lui laissa croire qu'elle pleurait son endurance en natation… Les seules à Sydney qui étaient au courant de ses pensées intimes et de l'existence de Mari Irenée étaient ses fleurs du jardin de Bogota Avenue, qu'elle avait également perdues…

L'installation de Reidun chez Robyn et Tim dura quelques semaines jusqu'à ce que Imogen, la petite dernière, alors âgée de sept ans, ne passe devant la chambre de Reidun et, voyant une bouteille à côté de son lit, décide de boire ce qui lui semblait être du jus de pomme pour adultes. Lorsque Nina, la jeune femme en charge de s'occuper des enfants retrouva Imogen en train de vomir et empestant le whisky, Robyn demanda instamment à Reidun de quitter sa maison afin de protéger ses enfants. Reidun prit alors sa valise sans protester et repartit vers l'endroit où elle se sentait le plus chez elle, le *Oaks*, où l'accueillirent Mickael et Shane. Elle reprit une chambre sans penser à l'avenir ni réfléchir à quelle somme d'argent il lui restait à la banque ou pour combien de temps elle pouvait continuer à vivre là. Inconsciente et n'ayant jamais eu à se soucier de problèmes d'argent depuis toujours,

Reidun vivait sa vie au jour le jour, sans songer au lendemain...

En France, ses enfants réagissaient différemment à la disparition de leur père : Renée, très studieuse, se réfugiait dans ses lectures, progressait en français et se révélait une excellente élève, comme le souhaitait René... Paulo et Claude, révoltés contre l'éducation des religieuses et des curés en particulier, et contre la terre entière de manière générale, se faisaient très souvent punir pour non-respect de la discipline et de l'autorité. Claude avait tiré sur le voile de mère Amélie pour voir si celle-ci avait des cheveux en dessous et avait volé des noix sur le noyer de la cour réservée aux religieuses; Paulo, lui, avait fait exploser des pétards dans les toilettes du collège de Marcq, ce qui fit voler en éclats les portes en bois et cassa une cuvette. Ils se retrouvaient donc tous deux souvent sévèrement sanctionnés, au grand désarroi de Granny, qui ne savait pas comment gérer ces deux enfants terribles...

L'été suivant, en juillet 1963, Raphaël Trentesaux les déposa tous les quatre à Knokke le Zout, station balnéaire belge, où ils devaient passer un mois de vacances. Ce séjour en bord de mer leur fit le plus grand bien, même si un an après le décès de leur père, tous les trois étaient encore persuadés qu'il allait revenir bientôt les retrouver. Mais, au bout d'un mois, ce fut bien M. Trentesaux qui vint les chercher pour les ramener à Tourcoing...

À Cremorne, la maison de Bogota Avenue avait été vendue aux enchères. La somme de la vente fut divisée en trois pour les enfants et bloquée jusqu'à leur majorité sur un compte en banque en France. Raphaël Trentesaux s'était occupé de tout, comme il l'avait promis à Granny, et il continuait de veiller sur les trois enfants Dutriez en mémoire de leur père, grâce à son statut de tuteur.

Certains soirs, alors que le pub était fermé et que Mickael

était rentré chez lui, Reidun, seule dans sa chambre, buvait trop et sortait de l'hôtel pour se balader… Incapable de s'orienter et de retrouver ensuite le chemin jusqu'à sa chambre, Mickael la retrouvait alors le lendemain matin, endormie sur le trottoir en prenant son service. Il avait cru que l'amie blonde de Reidun était venue la chercher pour la sauver, mais au vu de la quantité de bières, de gin et de whisky que Reidun avalait chaque jour depuis son retour au pub, il ne savait plus qui pouvait l'aider ni comment.

Entre ses crises de douleurs abdominales et ses cauchemars, Reidun était épuisée, mais continuait de boire pour ne pas avoir à réfléchir et pour assommer ses souvenirs… Elle n'était d'ailleurs jamais sobre suffisamment longtemps pour penser à retourner en Norvège ou se mettre à la recherche de ses enfants… Au bout de dix-sept ans, le souvenir de Mari Irenée restait celui d'un bébé de sept mois, l'âge qu'avait sa fille quand elle était montée à bord du *M. V. Tai Yin*. Ses autres fantômes norvégiens la torturaient désormais chaque nuit entre deux attaques abdominales.

Aussi, en 1963, alors que ses enfants passaient leurs vacances d'été à Knokke, Reidun dormait plus souvent sur le trottoir que dans son lit d'hôtel. Mickael s'arrangea avec le gérant du *Oaks* pour que ces nuits passées dehors ne lui soient pas intégralement facturées. Il ne savait pas de combien d'argent Reidun disposait, mais il avait conscience que le jour où son compte en banque serait vide, elle se retrouverait seule à la rue.

Après leur rentrée des classes en septembre, Renée, Paulo et Claude reprirent l'habitude de marcher chaque lundi matin jusqu'à la place de Tourcoing afin de prendre le tram. Un lundi, alors qu'ils arrivaient près du tramway, un ivrogne s'approcha d'eux, titubant et tenant à la main ce qui ressemblait à une bouteille de whisky. À la seule vue de cet alcoolique, Renée eut de fortes nausées et fut prise de vomissements sur les rails. Inquiète pour sa sœur, et ne comprenant pas l'origine de ses vomissements alors que celle-ci allait très bien quelques minutes auparavant, Claude décida de repartir à la maison pour que Granny s'occupe d'elle… Trop jeune pour comprendre, Claude n'avait pas saisi que la seule vue de l'ivrogne était insupportable à Renée et la dégoûtait au point d'en être malade. Granny garda ses petites-filles un jour avec elle, Claude étant trop jeune pour prendre le tramway seule, puis les deux sœurs retrouvèrent le chemin de l'école. Ce lundi-là, Paulo prit le tram jusqu'à Marcq comme un grand.

Après le décès de son père, le profond sentiment de haine de Claude à l'égard de la religion s'accentua le jour où on lui servit de la crème de marrons au dessert. Dès la première cuillère, la petite fille eut un haut-le-cœur, puis vomit sur la table du réfectoire. Sœur Mathilde lui fit tout nettoyer avant de l'obliger à se rasseoir et à terminer son dessert. Dès lors, chaque fois qu'il y avait de la crème de marrons, une sœur se tenait derrière Claude pour s'assurer qu'elle mangeait, et ce, même si chaque cuillère la révulsait.

Paulo, en rébellion contre les curés sévères et implacables, multipliait les désobéissances afin de rendre sa vie à l'internat plus amusante. Renée, elle, avait toujours le nez dans un roman. Cela lui permettait de s'évader et d'oublier un peu sa tristesse. Quand ils se retrouvaient ensemble, les enfants n'évoquaient pas, par pudeur, l'absence de leur père, alors que chacun d'eux était meurtri et prenait peu à peu conscience des conséquences de cette disparition brutale sur leur vie. La solidité de leur lien et leur très grande connivence leur permettaient de faire face et d'avancer.

Trop inconsciente des réalités de la vie et alcoolisée pour se rendre compte de la générosité du gérant du pub,

Reidun, de son côté, trouvait normal de vivre là et de se retrouver régulièrement sur le trottoir avec Mickael qui l'aidait à retourner dans sa chambre au petit matin... Shane, lui, désertait peu à peu le pub par peur de devoir s'occuper de Reidun. Conscient qu'en dehors de Mickael et lui, Reidun n'avait plus personne dans sa vie, il préféra s'éloigner définitivement. Par lâcheté et par égoïsme, il espaça d'abord petit à petit ses visites avant de disparaître complètement dans le courant de l'année 1964. Reidun réalisa alors un jour qu'elle ne voyait plus Shane et voulut, dans un instant de lucidité, aller chez lui, mais ses épisodes de sobriété ne duraient jamais assez longtemps pour qu'elle le fasse. À un peu plus de quarante-cinq ans, Reidun vivait seule à l'hôtel et considérait Mickael et les habitués du *Oaks* comme faisant partie de son entourage proche.

Le 15 janvier 1965, au petit matin, Mickael retrouva une fois de plus Reidun sur le trottoir mais, cette fois-ci, celle-ci était agonisante, pliée en deux et presque inconsciente. Il la transporta jusqu'à la Wybenia Nursing Home, où on l'installa dans une chambre. Le Dr Hansby, de garde ce jour-là, reconnut cette femme dont il avait recousu le front il y avait quelques années. Après plusieurs heures, l'organisme de Reidun réagit au manque d'alcool et malgré de sévères douleurs abdominales, elle hurla et réclama une bouteille de whisky, qu'on lui refusa. Le soir, elle fut en proie à des hallucinoses alcooliques propres à tout sevrage et croyait que des rats avaient grimpé sur son lit et tentaient de l'attaquer... Elle se débattit et se blessa en se griffant jusqu'au sang. Elle fut en proie à des hallucinations toute la nuit et agressa le personnel soignant. Son corps réclamait désespérément du whisky et Reidun intimait l'ordre aux infirmières de lui acheter une bouteille. Le lendemain matin, le Dr Hansby décida de lui mettre une camisole de force pour sa propre sécurité et celle de l'équipe médicale.

Pendant les sept jours suivants, Reidun fut en plein *delirium tremens* et criait son désespoir de jour comme de nuit. Les hallucinoses convoquaient tour à tour tous ses souvenirs norvégiens bridés depuis tant d'années, et les images de ses enfants mal-aimés. En sevrage contraint, elle n'avait plus la force de se battre. Affaiblie et fragilisée par des années d'alcoolisme et de lutte contre ses démons, elle se laissa dévorer, impuissante, résignée... Le corps médical tenta désespérément de la soulager mais rien ne pouvait plus l'apaiser. Au bout d'une semaine, entre hallucinoses, douleurs et manque de sommeil, elle déposa les armes et mourut le 18 février 1965, au petit matin.

À l'autre bout du monde, Renée, Paulo et Claude n'avaient pas revu Reidun depuis 1958.

Granny apprit sa mort par Raphaël Trentesaux. Bien qu'elle n'eût jamais aimé sa belle-fille, elle fut peinée pour ses petits-enfants qui se retrouvaient orphelins. Elle les informa de son décès un vendredi où tous trois revenaient de l'école :

– J'ai une triste nouvelle pour vous, les enfants, leur dit leur grand-mère, votre maman est morte à Sydney.

À cette annonce, Renée resta complètement indifférente. La jeune fille n'avait jamais aimé cette mère qui n'en avait pas vraiment été une et qui lui avait fait endosser à cause de ses absences et de son alcoolisme de trop grandes responsabilités dans son enfance. Comme leur sœur, Paulo et Claude restèrent insensibles à la nouvelle, ils avaient presque oublié Reidun, quittée il y a plus de sept ans...

À compter de ce jour, Granny éleva seule ses trois petits-enfants et resta un pilier pour eux jusqu'à la fin de sa vie, le 15 mai 1980. Elle avait quatre-vingt-dix-huit ans.

À la mort de Reidun, en Norvège, Mari Irenée, rebaptisée Solveig par ses parents adoptifs, avait vingt ans et ne savait pas encore qu'elle avait été adoptée. Deux mois après la fuite de Reidun, ne voyant pas sa sœur revenir, Borghild l'avait confiée à l'orphelinat d'Oslo alors qu'elle n'avait que neuf mois.

Les trois orphelins, quant à eux, ont grandi à l'image de leur personnalité d'enfant. Appliquée et sérieuse, Renée a fait des études, est restée vivre en France, s'est mariée et a eu deux enfants. Elle en a beaucoup voulu à Reidun pendant de très nombreuses années, sans pouvoir lui pardonner tout ce qu'elle leur avait fait subir quand ils étaient petits. Elle n'est retournée qu'une fois à Sydney, lorsque Claude y habitait, trop de mauvais souvenirs restent attachés à ce pays qui l'a vue naître. Elle ressent toujours un immense dégoût et a toujours des nausées à la vue d'un alcoolique. Parler de sa mère reste encore aujourd'hui éprouvant pour elle…

Paulo a vécu et vit toujours la vie dont il avait toujours rêvé petit : il a énormément voyagé, avec très peu d'argent, se déplaçant en bus, en train ou en auto-stop, avec comme seule devise « Vivre au jour le jour ». Il a commencé ses voyages d'une durée de quelques jours à plusieurs mois, dès 1968, alors qu'il n'était même pas encore majeur. Il s'est rendu notamment en Norvège en auto-stop. Là-bas, il y a notamment rencontré Borghild et Gunnvor, deux de ses tantes, qui n'ont pas évoqué l'existence de sa demi-sœur Mari Irenée.

Il a été séduit cette année-là par la philosophie hippie ; son refus de l'autorité et son appel au retour à la nature ont résonné en lui. Il s'est laissé pousser les cheveux et a décidé de profiter de chaque jour comme il venait. Rejetant toute contrainte et toute discipline quelles qu'elles soient, Paulo n'a jamais eu d'emploi fixe, préférant multiplier les petits boulots lui permettant d'avoir de quoi subsister et voyager. Il vit aujourd'hui près de Cairns, ville de la région du nord tropical du Queensland, en Australie. Il se définit lui-même comme un vieux hippie et considère que les années Mirredong, avec ses sœurs, furent ses plus belles années.

Claude, comme beaucoup d'enfants déracinés, a éprouvé le besoin de retourner s'installer à Sydney, là où étaient restés ses souvenirs d'enfance. Elle s'y est rendue avec son mari et ses trois enfants, de 1984 à 1987. Déçue de ne pas retrouver sur place les souvenirs fantasmés et idéalisés qu'elle avait en tête, elle est repartie vivre en France, où elle a exercé le métier de professeur d'anglais en école primaire. Avant de retourner en Australie, elle s'était aussi rendue en Norvège afin de découvrir le pays et rendre visite à la branche maternelle familiale ; à Oslo, ni Borghild, ni Kitty ne lui ont alors parlé de Mari Irenée... De nos jours, Claude retourne occasionnellement à Sydney ou près de Cairns pour voir Paulo.

Un matin de 1998, son téléphone a sonné. Elle a décroché, puis a entendu une voix de femme s'adresser à elle dans un mauvais anglais :

— Claudette, c'est toi ? lui a-t-elle demandé à l'autre bout du fil.

Prise au dépourvu, on ne l'appelait plus Claudette depuis son plus jeune âge, Claude a répondu par l'affirmative avant que son interlocutrice ne s'exclame :

— C'est moi, c'est Solveig, enfin, Mari Irenée... Je suis ta grande sœur de Norvège. Cela fait tellement longtemps que je suis à ta recherche !

REMERCIEMENTS

Depuis toute petite, l'histoire de vie de mes grands-parents m'a toujours fascinée, captivée et émue ; je remercie ma tante, mon oncle et ma maman de m'avoir donné carte blanche, et s'être rendus disponibles afin de me confier leurs souvenirs et impressions sur leur tendre jeunesse. Ce livre n'aurait pas vu le jour sans Anne-Sophie qui m'a réveillée lors d'un déjeuner il y a 3 ans, comme elle était présente lors de mon réveil en 2005...

Merci à mon amoureux pour son soutien et sa bienveillance.

À Virgie et Bertrand, je veux dire ma gratitude de m'avoir encouragée et aidée.

Les enfants étant très jeunes au moment des faits et j'ai pu laisser libre cours à mon imagination pour beaucoup d'aspects de la personnalité et de la relation de couple de René et Reidun. Ce roman mêle donc intrinsèquement faits réels et imaginés sur fond de souvenirs d'enfance.

Sommaire

Dépôt légal février 2022

Librinova

www.librinova.com

Imprimé en France
FRHW010700300522
30962FR00005B/13

9 791026 293736